이 책은 『댄디즘과 조지 브러멀』이라는 원전을 읽기에 앞서 불문학자와 미술학자가 글과 그림으로 댄디에 대한 해설을 더하여 새로운 원전읽기의 방식을 보여준다. 국내에서는 처음으로 프랑스 댄디를 연구한 불문학자 고봉만이 원전을 이해하기 위한 기초와 틀을 마련해주고, 19세기 벨 에포크 전문가인 미술사학자 이주은이 당대의 그림들을 통해 댄디를 우리 눈앞에 데려온다. 이들의 명쾌하고 아름다운 해설이 붙은 이 원전 텍스트는, 당대의 댄디뿐 아니라 지금의 우리 시대를 살아가는 수많은 댄디들, 바로 당신을 이해하기 위한 첫걸음이 되어줄 것이다.

멋쟁이
남자들의
이야기

댄디즘
Dandysme

멋쟁이 남자들의 이야기
댄디즘
Dandysme

최초의 멋쟁이 조지 브러멀에 대한 상세한 보고서

쥘 바르베 도르비이 지음
고봉만 옮기고 해설 | 이주은 그림 해설

이봄

최초의 멋쟁이를 읽기 전에

댄디즘이라는 코드

1990년대 이후의 우리 문학과 사회를 설명하는 데 유효한 개념 중   5
의 하나로 댄디즘(dandysme)을 거론하는 일부의 시각이 있다. 이른
바 '신세대 문학'의 주인공들이 보여주는 세련된 문화 취향, 기존
의 사회 제도와 모럴에 대한 냉소적 태도, 정치에 대한 무관심, 나
르시시즘 등을 댄디즘이라는 코드를 통해 조명하려는 것이다. 하
지만 그 맞은편에는, 이러한 시도를 다소 무책임하고 안이한 접근,
원래의 문화사적 맥락에 대한 이해가 동반되지 않은 단순한 수사
학적 차용으로 간주하는 비판적 시각이 자리 잡고 있다. 이러한 상
반된 시각과 태도에서 오는 혼란에서 벗어날 수 있는 방법은 무엇
보다도 그 기원으로 거슬러 올라가 애초의 모습을 살피는 일이고,
그 기원에 우리의 책『멋쟁이 남자들의 이야기 댄디즘』의 핵심이라

고 할 수 있는 쥘 바르베 도르비이(Jules-Amédée Barbey d'Aurevilly, 1808-89)의 저서 『댄디즘과 조지 브러멀(Du Dandysme et de George Brummell)』이 있다.

댄디즘의 기원을 찾아

댄디즘(dandysme)은 19세기 서구 자본주의의 산물로 자본주의의 종주국이라고 할 수 있는 영국에서 처음 그 싹을 틔웠다. 당시 영국의 상류 귀족계급 젊은이들 사이에서는 타인과 구별되는 독특하면서도 사치스러운 복식이나 생활 방식이 유행했는데, 이것이 댄디즘의 시초라고 할 수 있다. 일견 한심해 보이는 그 청년들의 과도한 치장이나 희극적 태도의 이면에는 당시 새롭게 떠오른 부르주아 계급의 속악한 현실주의와 예술문화에 무관심한 세태에 대항하는 지독한 멸시와 혐오가 감춰져 있던 것이 사실이다. 댄디즘이 한 예술적 인간의 존재론적 표지로 정착된 것은 프랑스 문화를 통해서, 특히 바르베, 보들레르(Charles Baudelaire, 1821-67) 등을 통해서다.

바르베가 1845년 『댄디즘과 조지 브러멀』을 발표하기 전까지만 해도 댄디즘은 프랑스의 지적 풍토에서 한낱 우스꽝스러운 현상, 진지한 성찰의 대상이 되기에는 미흡한 표면적인 현상에 지나지 않았고, 댄디 청년들은 심지어 경멸의 대상이 되기까지 했다. '넥타이를 매는 것밖에는 아무것도 할 줄 모르는 멍청이'라는 스탕달의 말이나 '성별이 의심스러운 자만심의 괴물'이라는 으젠 롱테의 말은 이러한 사실을 잘 보여준다. 그러나 바르베는 『댄디즘과 조지 브러멀』을 통해 문학적으로는 여러 작품에 형상화된 인물들이 이미 댄디즘을 충분히 구현하고 있음에도, 사상적으로는 그것을 전혀 인정하려 들지 않거나 희화화하고 있던 프랑스 사회의 겉과 속이 다른 이중성에 질타를 가하면서 마침내 댄디즘의 이론적 기초를 마련하기에 이른다.

바르베는 댄디즘의 가장 순수한 형태를, 우아한 넥타이 매듭의 창안자로 유명한 18세기 영국의 한량 조지 브러멀(George Bryan Brummell, 1778-1840)에게서 찾아낸다. 그가 이 비순응주의자의 생애를 기술하기로 결심한 이유는 해묵은 구습과 그것의 당연한 귀결인 권태가 규범으로 고착되어 있는 사회는 필연적으로 그런 인물을 낳을 수밖에 없다고 보았기 때문이다. 그는 제스 대령(Captain Jesse)의 『조지 브러멀의 생애(The Life of George Brummell)』를 저본(底本)으로 하여, 에드워드 불워리튼(Edward George Bulwer-Lytton, 1803-73)의 『펠럼(Pelham Or, the Adventures of a Gentleman)』, 헨리 리스터(Thomas Henry Lister, 1800-42)의 『그랜비(Granby: a novel)』 등을 탐독하고, 브러멀에 대한 역사적 증언들, 주목할 만한 브러멀의 말과 행동, 일화 등을 체계적으로 수집하고 재구성하여, 그가 사회에 미친 신비스러운 영향력을 규명하고자 노력한다.

조지 브러멀은 평민 집안 출신으로, 훗날 조지 4세가 된 영국 황태자 휘하의 경기병 연대에 기수로 들어가 세련된 옷차림과 우아한 매너로 황태자의 총애를 받으면서 사교계의 총아로 떠올랐다.

그는 엄청난 노름빚으로 망명길에 오르기 전까지 약 20년 동안 영국 상류사회와 사교계를 지배했다. 『우아함의 심판관(Arbitre de l'Élégance)』이라는 책을 저술하기도 했던 그는 프랑스의 칼레, 칸 등지를 떠돌며 병과 가난에 시달리다가 1840년 62세의 나이로 이국 땅에서 사망한다.

바르베는 『댄디즘과 조지 브러멀』에서 단순히 '멋쟁이 브러멀(Beau Brummell)'이라고 불린 인물의 생애를 재구성하는 데 그치지 않는다. 브러멀을 풍속사학자에서 점차 정념의 철학자로, 나아가 힘(권력)에 의지한 지성과 상상을 구축한 인물로 간주하기에 이른다. 이 책은 총 12장으로 구성되어 있으며, 크게 두 부분으로 나뉘어 있다. 바르베는 우선 댄디즘을 역사적 관점에서 조명하고, 브러멀이라는 인물을 추상화하고 신화화함으로써 댄디즘의 이론적 핵심을 추출해낸다. 바르베 자신이 19세기의 유명한 댄디이기도 했던 만큼, 그는 이 책에서 브러멀의 삶에 자신의 삶을 끊임없이 오버랩하면서 댄디즘의 탄생에 필요한 조건들을 구체적으로 분석하고, 댄디즘이 지향하는 목표를 살펴보고, 그 목표에 도달하기 위해 이행해야 하는 방법들을 소개하고 있다.

2014년
고봉만

Du Dandysme
et de George Brummell

차 례

멋

10가지 키워드로
보는 댄디의 초상

이주은

**로베르 르페브르,
「화가 폴랭 겔랑의 초상」,
1801년**

목을 단단히 감싼 높은 깃에 새하얗고 깨끗한 셔츠가 역시
높은 깃이 달린 레딩코트 안에서 눈에 띈다. 그림 속 인물인
폴랭 겔랑은 화가 들라크루아의 스승이었다.

1. 엄격함

순백색 셔츠와 한정된 장식품

눈부시게 새하얗고 빳빳한 와이셔츠를 입은 사람은 왠지 접근하기 어려워보인다. 그런 와이셔츠에 국물이라도 튈까봐, 행여 가까이 다가갔다가 실수로 화장품이라도 묻힐까봐 주변사람들이 은연중에 긴장을 하는 것이다. 그에게서는 책상은 물론 모든 주변 환경을 깔끔하게 잘 정돈할 것 같은 엄격한 태도가 느껴진다.

댄디는 냉담하고 흐트러짐 없이 보여야 했으므로 새하얀 셔츠를 입는 것이 기본이었고 윤기 나는 순백색 그 자체로 멋의 승부를 봐야 했다. 셔츠는 반드시 매우 청결해야 했으며, 턱까지 닿는 높은 칼라에 풀을 먹인 것이었다.

진정한 댄디는 꾸미기 위해서가 아니라 완벽함을 위해 깎고 씻고 면도하고 부츠를 닦는 데 그리고 넥타이를 매는 데 정성을 쏟았다. 과식은 미식가의 미덕이 아니듯, 댄디의 치장에도 쓸데없이 넘쳐나는 군더더기란 찾을 수 없었다. 장식품은 보석장식대신 외알안경과 줄 달린 시계, 그리고 지팡이와 장갑 등 용도를 지닌 물건들에 한정되어 있었다. 하지만 낱개의 품목들이 그 어느 하나 허름한 것 없이 모두 완벽했다.

댄디의 원조 조지 브러멀. 화장을 하거나 향수를 뿌리지는 않았지만 늘 깔끔함을 유지함으로써 외모를 관리했다.

**조셉 라이트,
「브룩 부스비 경」,
1781년**

타이트한 옷을 입어 몸이 배어나게 하는 차림은 정갈할 뿐 아니라 에로틱하게 연출하는 효과가 있다. 그림 속 브룩 부스비 경(1744-1824)은 영국의 언어학자이자 번역가이며 시인이었다.

2. 관능
몸에 딱 붙는 옷

중고등학교 앞에서 교복을 입은 학생들을 보면 두 가지 부류로 나눌 수 있다. 앞으로 키나 몸집이 커질 것을 생각해서 어느 정도 헐렁하고 여유롭게 입은 학생, 그리고 꼭 맞게 맞춰 입은 학생이다. 우리가 보기엔 별 차이가 없다고 생각할지 모르지만, 몸의 선이 드러나게 입은 쪽이 댄디 성향에 가깝다. 물론 댄디는 획일적으로 입는 유니폼 자체를 혐오하지만 말이다. 댄디의 개성표현은 특별한 장식에 있지 않고 아름답고 호리호리한 몸매를 부각시키는 착 맞고 구김 없는 차림새에 있었다. 타이트한 옷감 밑으로 몸과 살의 느낌이 드러나는 것은 댄디를 에로틱하게 연출하는 효과가 있었다.

18세기 프랑스의 로코코 귀족 사회에서 볼 수 있었던 파스텔 톤의 수예품 레이스, 화려하게 수놓은 패턴과 금장을 두른 단추, 그리고 여기저기 매달린 리본을 댄디는 좋아하지 않았다. 형태미를 추구하는 이들에게 멋이란 우아한 선과 고급스런 천의 재질감이면 충분하다. 그렇기 때문에 댄디는 재단사를 미치게 할 정도로 세심한 요구가 많았고 극도로 까탈스러웠다. 브러멀 역시 꼭 맞는 옷을 착용했는데, 특히 장갑은 손가락 부분과 손등 부분을 나누어 재단할 정도였다. 그의 장갑은 손톱 주위까지 완벽하게 싸줄 정도로 꼭 맞게 재단되어 있었다.

바르베 도르비이의 장갑으로 흰색 새끼염소 가죽에 빨간 색실로 섬세하게 자수를 놓았다.

조지 크뤼크생크,
「고객을 방문한 재단사」,
1825년경

당대에 '모던 호가스'라 불린 일러스트레이터 크뤼크생크의
그림으로 댄디들의 까탈스러움에 쩔쩔매느라 비쩍 마르고
늙어버린 듯한 재단사의 모습이 재미있게 묘사되어 있다.

**자크 루이 다비드,
「세리지아 씨」,
1795년**

화가의 동서인 세리지아의 초상으로 담황색 가죽 바지와 청
색 상의를 통해 댄디 차림의 전형적인 배색을 엿볼 수 있다.

3. 자연스러움
연출하지 않는 연출

브러멀이 선호한 스타일 콤비는 벨벳 깃이 달린 청색 상의에 잿빛 사슴가죽 바지와 부츠, 흰색 셔츠와 타이, 그리고 검정색의 높다란 모자와 흰 장갑으로 마무리하는 것이었다. 오전에 외출할 때에는 담황색의 사슴가죽 소재로 된 바지를 골랐고, 오후엔 촘촘히 짜인 직물 바지를 입었다. 본래 넥타이의 용도는 군대의 지위라든가 가문의 전통과 관련된 것이었지만, 댄디는 이를 멋내기의 도구로 적극 활용했다. 넥타이는 지나치게 세우거나 조여서도 안 되지만, 테이블보처럼 방만하게 늘어진 모양새도 안 되었다. 잘 조였으되 숨막힘이 아닌 편안함과 자연스러움을 보여야 했다. 꾸민 흔적을 노출시키지 않는 연출이야말로 세상에서 가장 어려운 주문이다.

가늘고 길고 창백한 손. 이것이 댄디의 체형을 설명할 수 있을 것이다. 댄디들이 추구한 옷차림에는 그처럼 가는 몸과 창백한 얼굴이 잘 어울렸다. 때문에 뱃살이 접히거나, 목살이 늘어지거나 해서는 안 되었다. 브러멀의 스타일을 좋아했던 영국의 왕 조지 4세는 식탐으로 인해 점점 살이 불어나자 코르셋을 착용해 허리를 조이기까지 했다. 하지만 이런 부자연스러운 연출은 댄디가 스타일을 통해 추구하려 했던 우아함과는 거리가 한참 먼 것이었다.

21

「브러멀과 조지 4세의 동상」, 영국의 주간잡지 「펀치」에 실렸던 캐리커처
브러멀의 동상 아래 "너의 뚱보 친구는 누구지?"라는 질문이 새겨져 있고, 브러멀은 손짓으로 왕을 가리키고 있다. 브러멀이 왕보다 더 유명하다는 의미를 담은 삽화이다.

앙리 레만,
「**프란츠 리스트**」,
1832-34년

댄디적 기질을 가장 잘 보여준 부류는 예술가들이었다. 훤
칠한 키에 수려한 용모를 자랑했던 피아니스트이자 작곡가
프란츠 리스트. 검은 옷을 입고 있는 그의 초상에서 '아름다
운 경계인'인 댄디의 분위기가 물씬 풍긴다.

4. 경계인

귀족과 부르주아 사이의 반항아

역사적으로 댄디는 서구에서 근대 시민사회가 형성된 과정에서 탄생했다. 즉 근대 시민사회를 이끈 양대 혁명이라고 할 수 있는 18세기 산업혁명과 계급혁명이 낳은 독특한 산물이 바로 댄디라 할 수 있다. 로코코 스타일 귀족의 형형색색 화려한 복장에 저항하려는 듯 검은색 프록코트, 검은 실크모자, 검은 장갑을 낀 사람들이 거리에 나타났는데, 이들을 댄디의 시초로 볼 수 있다.

댄디는 귀족의 무절제하고, 허위에 젖은 사고방식을 혐오했지만, 그렇다고 품위라고는 전혀 신경 쓰지 않는 중산층, 부르주아의 실용적 사고방식에 공감한 것도 아니었다. 산업혁명의 영향으로 물질적 풍요를 누리게 되고, 계급혁명의 결과로 신분의 구속에서 자유로워진 시민들은 19세기 초에 이르면서 출신을 알 수 없이 서로 뒤섞이면서 거리로 쏟아져 나오기 시작했다. 댄디는 우르르 섞여 있는 '천박한' 군중들 속에서 결코 자신이 그들과 섞일 수 없다고 생각하는 사람이었다. 자본과 노동을 절대적인 원칙으로 삼고 있는 부르주아의 실용주의적 가치관을 정면으로 배격하면서, 그는 스스로 품위 있고, 고상한 취향을 지닌 엘리트가 되길 꿈꾸었다.

에두아르 마네, 「튈르리의 음악회」, 1862년
마네가 묘사한 '군중'은 얼굴이 뚜렷하지 않다. 개개인의 특성은 지워지고, 남아 있는 것은 '군중'이라는 집단성뿐이다.

**앙리 루시앙 두세,
「로베르 드 몽테스키우」,
1879년**

프랑스 시인 몽테스키우는 귀족 출신으로 세련된 미적 감각
과 교양을 지니고 있었다. 몽테스키우의 세련된 어휘 구사
능력은 동시대 댄디이자 상징주의 문인이었던 장 로랭의 모
호한 문체와 종종 비견되곤 했으며, 당대 대표적인 댄디로
서 마르셀 프루스트, 프랑수아 모리아크 등 여러 예술가들
에게 깊은 인상을 남겼다.

5. 신비주의
베일에 싸인 인물

영국의 안개와 우울, 깔끔한 브랜디 맛, 거만함과 냉정함, 체면을 중시하는 형식적인 성향, 그리고 자기통제의 이상이 만들어 낸 인간형이 바로 댄디이다. 그러나 영국적 기질만으로 댄디를 설명하기에 충분하지 않다. 거기에 프랑스적인 기교와 섬세함이 더해져야 완성된 댄디가 탄생하는 것이다. 개와 고양이처럼 어우러지기 어려운 영국 기질과 프랑스 기질이 한 몸에 혼합되어 있는 댄디는 사실 그 자체로 신비로울 수밖에 없었다. 댄디는 극도로 세련된 어휘를 써서 주의를 끌었으며, 심지어 어떤 말은 독특하게 발음해서 마치 그 말이 발화됨과 동시에 무엇인가 신비로움이 발산된다고 믿게 할 만큼 베일에 싸인 인물이었다.

세련된 어휘의 구사와 수려한 외모로 신비로운 분위기를 풍겼던 19세기의 대표적인 댄디는 문필가 로베르 드 몽테스키우 백작(Robert de Montesquiou, 1855-1921)이었다. 자신만의 문학 살롱을 운영하며, 여러 예술가와 교류했던 그는 댄디즘에 대한 샤를 보들레르의 생각을 그대로 인물로 옮겨놓은 듯 했다. 보들레르는 『현대적 삶의 화가(Le Peintre de la Vie Moderne)』에서 댄디즘이란 단순히 옷차림이 아니라, 삶에 대한 태도와 매너에 있다고 지적하면서, 평범하고 진부한 일상에 임하는 예술가적 태도를 강조하였다. 보들레르는 교양과 품위를 바탕으로 하는 진정한 귀족정신이 예술 분야에서만큼은 사라져서는 안 된다고 믿었다.

작자미상,
「담배를 든 댄디」(세부),
20세기 초

에밀 드루아,
「샤를 보들레르」,
1844년

보들레르는 내적인 삶의 충실함을 중시하여 댄디즘을 일종의 정신적 태도로 격상시켰다. 그에 따르면 댄디는 '정신적 귀족주의자'이며, 댄디즘은 '퇴폐 가운데 빛나는 마지막 영웅주의의 섬광'이다. 이러한 진술 속에는 무지한 군중과 천박한 부르주아에 대한 멸시, 예술 이외의 모든 실용적 추구에 대한 무관심이 내포되어 있다.

6. 무관심
교양 없는 세상 견디기

영국에서 민주주의가 전성하지 못하고 귀족주의가 부분적으로 흔들리고 있을 무렵에 나타난 댄디는 민주주의와 함께 번져가는 부르주아의 속물근성과, 자존심을 잃고 그 속물근성에 덩달아 휩쓸려 다니는 추락하는 귀족들에 대해 슬픔을 느낀다. 군중들은 기술과학의 발달이 가져온 세상의 변화를 맹목적으로 찬양한다. 하지만 댄디는 물질적 진보로 인해 잃어버린 영역이 있다는 것을 아는 자들이다.

보들레르는 1846년 「부르주아에게」라는 글에서 "빵 없이 3일을 버틸 수 있습니다. 그러나 시 없이는 결코 버틸 수 없습니다." 라고 언급하였다. 만일 이 말에 동의한다면 당신은 댄디일 가능성이 높다. 보들레르는 말한다. 정신적인 영역을 독점하는 자만이 세상을 느끼고 즐길 권리를 가지며, 궁극적으로 세상을 지배하리라고. "사는 데 교양이 왜 필요하냐고 묻는다면, 이미 여러분의 하루는 공무와 법률과 상업으로 꽉 채워져 있는 것입니다."

교양이 필요 없는 사람들은 교양의 결실인 문화의 향유와도 멀어진 셈이다. 잃어버린 것들에 대한 고통스러운 상실감과 마음 터놓을 곳 없는 소외감을 경험하면서, 오직 댄디가 할 수 있는 일이라고는 말없이 쓴 웃음을 짓는 일밖에 없다. 그는 세상사에 개입하지 않기 위해 나태하고자 하며, 오직 홀로 아름다움에 헌신하는 것만이 세상을 견디는 법이라고 믿는다.

에두아르 로에비, 「무기력한 댄디」, 1901년

28

**외젠 들라크루아,
「자화상」,
1837년경**

들라크루아는 고전주의가 주를 이루던 당시의 미술계에 저
항하며, 과감하고 화려한 색채를 자유롭게 구사했다. 고전
주의가 중시하던 정갈한 윤곽선을 허무는 지저분한 붓질로
'회화의 학살자'라는 악명을 얻기도 했으나, 결국 최고의 색
채 화가로 인정받으며 낭만주의의 선도자가 되었다.

7. 고립
의식 있는 인간의 선택

집단으로만 즐기고 패거리에서만 생각이 가능한 사람들이 있다. 그들은 자신들이 무엇을 즐길 수 있는지, 무엇이 진귀하고 아름다운지 모르기 때문에 사람들이 몰려 있는 곳으로 일단 가고 본다. 댄디는 우르르 몰려다니면서 남들이 좋다는 것이라면 맹목적으로 좋아하는 개성 없고 안목 없는 사람들을 혐오했다. 진정한 영웅이라면 홀로 즐길 줄 알아야 한다. 하지만 댄디는 즐기기 위해서라기보다는 자신의 몸, 행위, 감정, 그리고 존재 자체를 예술로 만들고자, 즉 심미적 삶의 방식을 위해 혼자가 되기로 한다. 그에게 고립은 물질세계의 좁다란 지평에 갇혀 있는 사람들을 경멸하기 위한, 일종의 부르주아 사회 전체를 상대로 한 예술적 대결방식이었다. 그는 세상을 피해 눈에 띄지 않는 은둔자가 된 것이 아니라, 세상에 대결하고자 눈에 띄는 혼자가 되기로 선택한 것이다.

개성을 알 수 없는 우매한 군중 사이에서 댄디에게 부여된 새로운 임무는 자기 스스로 자아를 발명해내는 일이다. 자아란 자기 의식적인 인간이라고 볼 수 있다. 자기 의식적인 인간은 자기 자신과 자신이 속한 사회에 대해 명석하고 깨어 있는 의식을 지닌 인간이다. 이 인간은 스스로의 내면과 외면이 분리되는 것을 체험하는 인간일 뿐 아니라, 동시에 세상으로부터 자신을 분리해냄으

조지 버나드 오닐, 「여론」, 1863년경
공신력 있는 영국 로열아카데미가 선정한 '올해의 그림' 앞에 군중들이 몰려들었다. 이들은 자신만의 취향을 찾아나서지 않는다. 이리저리 몰려다닌다.

**에드바르드 뭉크,
「멜랑콜리」,
1894-95년**

댄디는 예술적 삶에 헌신하고자 스스로를 소외시킨다. '군중'과 대비되는 '혼자'의 가치를 되새기기 시작한 것이 댄디이다.

써 그 세상을 비판할 수 있는 거리를 확보하는 인간이기도 하다.

댄디는 사회로부터 분열된 인간이면서, 동시에 현재의 지리멸렬하고 세속적이고 부패한 사회를 대신할 다른 사회, 즉 이상세계를 꿈꾸는 사람이다. 그러기 위해 댄디는 현실 속에 안주해 있는 자아를 소멸시키고 그것을 극복하려 한다. 타고난 자아 위에 군림할 수 있는 고상한 자아를 위해 댄디에게는 끊임없는 자기감시의 고행이 따른다.

리차드 웨스탈,
「조지 바이런의 초상」,
연도미상

영국의 낭만주의 시인 바이런은 현실도피적인 댄디였다. 젊
고 잘생긴 독신 귀족이던 그는 사교계의 관심을 독차지했다.

8. 자유
낭만주의적인 영혼

시인 바이런(George Gordon Byron, 1788-1824)은 댄디를 도달할 목적이 없는 이상주의자이고 현실에 대한 불안으로부터 자유로워지려는 낭만적인 도피자로 이해했다. '낭만적'이라는 말이 애초부터 예술비평을 위해 사용된 것은 아니다. 그 단어는 근본적으로 비현실적이고 비합리적이며, 영웅적이고 신비하며, 허황된 감성적 충동의 본질을 일컬었다. 18세기에 이성의 시대를 맞아 명료한 진리와 질서를 추구하게 되자, 낭만적이라는 말은 합리성과 대립되는 의미로 자주 부각되고 언급되었으며, 주류 문화에 맞선 반동적인 운동으로 형태를 갖추기 시작하더니 마침내 19세기 초에 이르러서는 지배적인 문예사조로 자리를 잡게 된다.

낭만주의자들은 합리주의적인 사고가 인간생활에 가져다준 여러 가지 제도적 기반이 개인을 구속하고 있다고 느꼈다. 따라서 그들은 구속으로부터 자유로워지기 위해 감성이 원하는 소리에 귀를 기울었다. 감성이 가장 첨예하게 드러나는 분야는 예술이며, 자유로운 예술표현을 구속하는 실용적 목적이나 도덕성으로부터 예술을 해방시키는 것은 개인 안에 있는 예술혼을 해방시키는 것을 의미했다. 그리고 그것은 곧 개인의 해방을 뜻하는 것이기도 했다. 그런 차원에서 댄디는 자유로운 예술혼이었다. 하지만, 댄디는 자신의 낭만성을 결코 뜨겁게 분출시키는 일이 없었다.

낭만주의에서 비롯된 예술적 고민들은 현대 예술의 원리로 남았다. 그러나 에두아르 마네(Edouard Manet, 1832-83)를 위시한 19세기 프랑

**클로드 모네,
「라 그르누예르」,
1869년**

인상주의자들은 전혀 고민이 없는 사람들처럼 햇빛을 즐
겼다.

스의 댄디 예술가들은 결코 뜨겁게 고민하지 않으려 애썼으며, 고민을 밖으로 드러내는 것은 더더욱 삼갔다. 어쩌면 무관심만이 산업사회의 머리 없고 심장 없는 군중 속에서 적당히 스스로를 숨기며 살아남는 길이었는지도 모른다. 댄디들은 자신이 악마에게 영혼을 내다 팔은 자여서 내적인 정체성이 사라져버렸으며, 외적인 면모로만 이야기할 수 있는 사람이 되었다고 스스로 믿는 경향이 있었다.

인상주의 화가들은 대부분 멋을 부렸고 항상 우아하게 차려입었다. 꾸미지 않고 수염이 덥수룩하며 물감이 덕지덕지 묻은, 흔히 화가의 모습으로 쉽게 떠올리는 누더기 차림으로 인상주의자들을 생각하면 안 된다. 이들은 넝마주이 같은 자유로운 삶을 예찬했지만, 결코 그 차림새까지 좋아하지는 않았다. 깔끔하고 단아한 의상이 추앙되었던 이유는 그것 배후에 있는 자신의 낭만적인 감정을 냉랭하게 위장해주는 역할을 했기 때문이었다. 인상주의자들은 그림 속에 심오한 내용을 싣지 않았다. 이들이 화폭에 담았던 것은 망막에 비친 시시각각 변화하는 대상의 외피였을 뿐, 변치 않는 본질이나 실체는 결코 아니었다. 마찬가지로 그들은 자기 내면의 무게도 그림에 실어놓지 않았다.

36

오스카 와일드의 사진

오스카 와일드는 댄디 중에서도 좀 유별났다. 의상에 신경 쓸 뿐 아니라 유미주의의 상징이었던 백합이나 해바라기를 손에 들거나 라펠에 꽂는 것을 항상 잊지 않았다고 한다. 치밀한 계산에 의해 자신을 완벽하게 통제했다.

9. 인공미
실재보다 허구

댄디의 세련된 태도는 의식적인 인공미에서 비롯된다. 댄디는 타고난 자아 그대로를 노출시키는 것을 죄악시하며, 자연적이고 원시적인 상태의 자아를 있는 그대로 표현하는 것은 유치하고 급이 낮은 것이라고 생각한다. 그들은 본능을 절제하고 초월하는 것을 통해 수준 높은 예술의 경지에 이를 수 있다고 생각한다. 오스카 와일드(Oscar Wilde, 1856-1900)에 의하면 댄디는, 외관이 실재보다 중요하다는 것을 인정하는 자이다. 넥타이를 잘 매는 것이 인생의 첫걸음이라며 '표면의 철학'을 삶의 신조로 삼았던 댄디 오스카 와일드는 본질보다 인공미를 숭배했다. 그에게 본질은 꾸며진 여러 포즈들 중 하나에 지나지 않을 뿐이었다. 따라서 실체보다 매너가 더 중요하며, 허구의 가면이 사실보다 훨씬 우세하다는 것이다.

허구의 가면을 쓴 댄디의 태도는 무대 위의 광대와 유사하다. 박수갈채와 소외, 긴장과 이완, 상승과 하강을 극단적으로 경험하는 곡예사의 삶을 예술가의 삶으로 비유한 화가들이 많은데, 인상주의자 중에서는 마네와 쇠라가 대표적이다. 쇠라의 그림을 보자. 중앙에는 상승하는 인물과 하강하는 인물이 같이 배치되어 있으며, 흥겨운 에너지를 상징하는 노랑 계열의 따스한 색조 배후에는 우울한 침체를 상징하는 푸른 계열의 차가운 색조가 그림자처럼 드리워져 있다.

조르주 쇠라, 「서커스」, 1891년

제임스 티소,
「루아얄 클럽」,
1868년

티소가 그린 이 그룹 초상화에서는 1852년에 결성된 루아
얄 귀족 클럽의 실제 멤버들을 만나볼 수 있다. 12명의 클럽
회원이 각각 1,000프랑씩을 들여 티소에게 의뢰한 이 그림
은 특별한 선정방식을 거친 후 결국 소파 오른쪽에 앉아 있
는 호팅거 백작의 소유로 돌아갔다. 티소는 댄디 화가로 유
명한데, 프랑스 낭트에서 패션사업을 한 부모의 영향을 받
아, 그림에서도 항상 옷을 표현하는 데 특별한 주의를 기울
였다. 티소가 남긴 그림 속 루아얄 클럽 멤버들의 의상과 장
신구는 1860년대 귀족들의 취향을 보여주는 중요한 자료가
되고 있다.

우스꽝스러운 의상과 가면 같은 화장 배후에 감추어진 곡예사의 영혼을 볼 수 있는 자는 아무도 없다. 댄디는 곡예사처럼 사람들을 매료시키지만, 정작 자신에게 세상은 무감동한 곳일 뿐이며, 돌아갈 보금자리도 없는 떠돌이이기도 했다.

댄디는 리얼리즘과 어울리지 않는다. 가난해지거나 삶에 치열해지는 순간 댄디로서의 생명은 끝나기 때문이다. 만일 당신이 노동의 고통스러운 현실과 그 현실을 꿋꿋하게 견뎌내는 밀레의 인간상을 보고 마냥 감상적이 되어 눈물을 삼키고 있다면 당신은 댄디가 될 소지가 없는 사람이다. 댄디라면 현실에 깊숙이 발을 들여놓는 일이 없어야 한다.

**뤼시앵 헥토르 요나스,
「해변의 어린 댄디」(세부),
1921년**

포즈를 취하고 있는 어린 댄디에게서 자신이 아름다운 사람임을 자각하고 있는 이의 자태가 느껴진다. 흰 바지에 흰 구두, 흰 모자, 그리고 줄무늬 자켓에 줄무늬 벨트까지 맞춰 입은 그는 만인이 자신의 아름다움을 예찬하리라는 것을 이미 알고 있다. 그는 나르키소스이다.

10. 옴 파탈
양성성과 악취미

발자크(Honoré de Balzac, 1799-1850)의 소설 『잃어버린 환상(Illusions Perdues)』에는 아름다운 남자의 이미지가 생생하게 묘사되어 있다. "그의 얼굴에는 고대의 미녀에게서 볼 수 있는 뚜렷한 선의 아름다움이 있었다. 희랍의 코와 이마, 벨벳처럼 부드럽고 흰, 마치 여자 같은 살결, 검어 보일만큼 푸른 눈…" 그리고 여성처럼 아름다운 손에 장밋빛 손톱, 탐스러운 머리카락에 이르기까지, 여성의 모습을 상상하게 하는 이 화려한 수식어들은 모두 댄디 청년을 묘사한 것이었다.

댄디의 발상지인 영국에서 댄디 문화가 부활하게 되는 것은 1877년 그로스브너 갤러리의 개관을 전후해서였다. 그곳은 에드워드 번존스(Edward Burn-Jones, 1833-98) 등 댄디즘을 표방하는 유미주의자들의 본거지였다. 번존스의 그림을 보면 남녀 구분 없이 화려하고 장식적이며, 남자는 여자처럼 매끈하고 가냘프게, 여자는 남자처럼 골격이 크고 각지게 그려진 것을 볼 수 있다. 당시 그의 그림은 여성 편향적이고 동성애적인 퇴폐 문화를 유포한다는 악평을 받았다.

댄디는 남성도 끌리고 여성도 끌리는 양성적 매력이 있었다. 사실 묘하게 매력적인 여성스러운 남자에 대해서는 남자끼리라도 우정의 관계를 유지하기 어렵다. 댄디의 양성적인 매력은 이성애적인 질서뿐 아니라 동성 간의 우정마저 위협하는, 발자크가 언급한 대로 "우아한 삶의 이단"이었는지도 모른다.

이런 댄디의 몸은 예술작품처럼 전시하기 위한 것이다. 전시용 인간은 결코 다른 누군가와 살을 맞대고 직접적으로 관계를 맺고 살지 않는

**에드워드 번존스,
「라우스 베네리스」,
1873-78년**

그림 오른쪽에 오렌지색 옷을 입은 인물은 비너스이다. 전통적인 비너스 상과 달리 인물에게서 여성과 남성이 동시에 느껴진다.

다. 그는 모두에게 그저 이미지일 뿐이다. 댄디는 철저히 이미지이기 위해 열정을 가져서는 안 된다. 그림처럼 한결같은 무관심만이 전시용 인간의 존재방식이다.

꺼내 보여준다는 뜻을 지닌 'exhibit'은 매춘을 뜻하는 'prostitute'와 같은 의미로 쓰였다. 그러니까 매춘이란 애초의 목적이 성관계에 있었다기보다는 자신의 매력을 보여주고 그 매력을 파는 것이라는 의미가 더 강했다. 댄디 역시 노동을 팔아서 사는 사람이 아니라, 자신의 매력을 보여주고 그에 대한 대가로 후원을 받아 사는 사람이다. 댄디는 화학작용으로 치면 촉매와도 같은 사람이다. 촉매는 상대만 반응을 일으키게 만들 뿐 자신은 변하지 않는다. 상대를 열정에 들뜨게 하는 일은 즐기지만, 결코 스스로는 무모한 열정에 사로잡히지 않는 그는 팜 파탈의 남성형, 옴 파탈(homme fatale)이었다.

욥, 「여인의 복수」, 1869년
결코 마음을 주지 않는 멋쟁이 남자
사진에 핀을 쏘고 있는 여인

2

무례한 댄디의
내면에 대하여

고봉만

허영심을 예찬한다

댄디즘이 꽃을 피우기 위해 필요한 정신적 조건은 허영심(Vanité)이 다. 흔히 허영심은 분수에 넘치는 외적인 영예에 대한 자랑, 겉멋만 좇으며 들뜬 마음, 필요 이상의 겉치레에 치우치는 허세를 뜻한다. 대부분의 사람들이 부정적으로 여기는 이 허영심에 대해 쥘 바르베 도르비이는 『댄디즘과 조지 브러멀』의 첫 페이지부터 찬사를 보낸 다. 그의 찬사는 다분히 도발적이며 사람들을 놀라게 하려는 의도 를 띠고 있다. 그는 허영심을 대단히 넓은 범위 안에서 정의한다. 다소 과장되게 말하자면 타인과의 관계 속에서 발생할 수 있는 거 의 모든 종류의 감정이나 자아에 대한 이해들을 포함할 정도다.

　바르베의 이러한 찬사는 개인주의를 진심으로 옹호하고 있음을 드러내는 하나의 방법이었다. 그가 이 글에서 주로 강조하고 있는 내용은 허영심이 영국에서 어떤 다채로운 변화를 거쳤는지에 관한 것이다. 하지만 허영심의 '영국적' 변화에 대한 이런 강조에서 우리는 작가가 허영심에 모종의 보편적 가치를 부여하고 있음을 읽을 수 있으며, 그것을 자신을 위한 변론으로 삼고 있다는 사실 또한 읽어낼 수 있다.

바르베가 세간의 상식을 뒤엎고 허영심을 찬양한 것은 브러멀에 가해진 몇몇 비판이 직접적인 계기였음을 먼저 기억할 필요가 있다. 당시에 아르누 프레미(Arnould Frémy)는 『르뷔 드 파리(Revue de Paris)』에 발표한 「브러멀의 죽음」이라는 글에서 브러멀의 허영심을 비난했고, 저널리스트 존 르무안(John Lemoinne)은 1844년에 출판된 제스 대령의 『조지 브러멀의 생애』에 대한 평론에서 "에고이즘의 감정"을 공격하고 "허영심의 약점들"을 비난했다. 바르베는 이런 비난들에 대단히 분개했다.

바르베의 찬양은 우선 허영심을 재평가하는 일부터 시작된다. 그는 어떠한 감정도, 아무리 "감정의 서열"에서 가장 밑바닥에 있는 것이라 해도 경멸의 대상이 되어서는 안 된다고 생각했다. 게다가 허영심은 감정의 서열에서 가장 밑바닥에 있는 감정도 아니다. 그것은 타인과의 관계들을 조정하거나 타인에게 인정받거나 동의를 얻고자 하는 욕망을 불러일으킨다. 생명의 본능과 비교될 수 있는 허영심은 인간 속에 있는 모든 것에 관계될 뿐 아니라 사랑, 우정, 자존심과 같은 감정들을 가볍게 뛰어넘는다. 역설적이고 도발적으로 바르베는 허영심에 대해 다음과 같이 적는다.

허영심은 사랑의 우주보다 더 넓은 우주를 거느리며, 우정에는 충분한 것도 허영심에게는 충분하지 않다. 자존심이 왕이라면 허영심은 여왕이다.

—『댄디즘과 조지 브러멀』 중에서

바르베에게 허영심은 보편적인 것이므로, 댄디즘은 "위대한 허영심의 화신"이었던 브러멀이 보여준 것처럼 허영심이 무르익거나 높아진 형태일 것이다.

허영심과 허영심의 자기만족적이며 과시적 형태인 자만심(Fatuité)은 자아의 과장된 감정, 타인에게 볼거리로 제공된 "자기 자신이 되는 힘"으로 나타나는 것에 비해 댄디즘은 심오한 형태라 하더라도 오로지 타인과의 관계 속에서만 존재한다. 댄디즘의 한복판에는 역설이 자리하고 있다. 항상 주체로 있으면서 대상(Objet)이 되는 주체(Sujet), 타인들의 탄복하는 또는 시샘 어린 시선으로 대상화된 주체인 그는 타인에게 영향을 미치고 타인을 매료시키고 그리하여 주체로서 자신의 지위를 획득한다. 이러한 방식으로 그는 집단적인 가치와 유용성을 획득한다.

타인의 시선을 추구함으로써 허영심은 영광에 대한 사랑과 같은 부류에 속하게 된다. 또한 가역성의 원리로 타인에게 미(美)의 감정을 전파한다. 신중하지 못하고 가벼운, 그리고 하찮은 일을 중시하는 경박한 태도(frivolité)는 이렇게 해서 하나의 가치로 변화한다.

새로운 도덕 가치론이 형성되고, 하찮은 것과 중요한 것 사이에 우열이 없어지는 새로운 기준이 생긴다. 댄디가 자신의 이미지를 연출하는 것은 유럽을 정복하는 것 못지않게 영광스러운 일이 된 것이다. 이런 관점에서 유행과 패션으로 영국 사회를 지배한 브러멀이 바르베의 주장에 명백한 논거로 제시된다. 물론 그의 성찰은 브러멀에 대한 단순한 초상화 작업을 넘어 브러멀을 철학적으로 깊이 있게 연구하는 쪽으로 나아간다.

자아의 감정으로서 허영심은 브러멀에 의해 자아에 대한 인식으로 바뀌고, 타인에게 취하는 복잡한 전략 중 하나가 된다. 그것은 아마도 영국의 댄디 브러멀에게는 익숙하지 않은 것이었으리라. 이 복잡한 전략 때문에 주체는 실체(Être)와 외관(Paraître)으로 나누어지고, 그 이원성을 의식하면서 때때로 고통스러운 상황에 빠지고 만다. 또한 허영심을 실체와 혼동하게 만드는 외관의 위엄을 통해 타인이 인정하도록 만드는 의지로 내보이게 된다. 댄디의 허영심이 완수하는 이 기괴한 노력을 백일하에 드러내는 이런 전략 덕분에 대상(객체)이 되도록 위협받는 주체는 타인에 의한 대상화를 벗어난다. 다시 말해 자신의 유일한 의지로 그 자신에게 제공할 수 있는 것을 타인에게 과시함으로써 그는 은밀한 정체성을 보존하는 것이다.

바르베는 댄디즘의 필수불가결한 조건인 허영심이 영국에서 어떤 변화를 거쳤는지 보여준다. 그는 여기에 자신의 감정과 자신이 세계와 맺고 있는 개인적이고 복잡한 관계가 굴절되는 것을 막을 수 없었다. 바르베가 정의하는 허영심에는 외부의 동의, 또는 적어도 외부의 고려(그것이 비판적이든 신경질적이든)에 대한 불안한 탐구가 섞여 있다. 프랑스의 작가이자 비평가였던 에르네스트 세이예르 (Ernest Seillière, 1866-1955)는 바르베가 자신의 못생긴 외모 탓에 타인의 주의를 다른 곳으로 돌리고 타인을 신비화하면서 자신을 가면으로 보호한 것이라고 말했다. 프랑스의 학자이자 바르베 도르비이 연구가 자크 프티(Jacques Petit)는 바르베의 수줍음으로부터 "댄디즘의 맹아"를 찾아야 한다고 말하기도 했다. 여기서 댄디즘은 '결핍의 보상'으로 나타난다.

댄디즘에 대한 이런 심리학적 고찰은 그것이 댄디즘의 개념을 바꾸었다는 면에서 우리의 관심을 끈다. 영국의 느리고 둔한 허영심보다 훨씬 더 엉뚱하고 불안한 바르베의 허영심이 대중의 관심을 더 필요로 하는 이유는 자신을 알아보게 하기 위해서뿐만 아니라 자신을 감추기 위해서이기도 하다. 후일 보들레르도 그러했듯이 바르베가 요란하게 스캔들을 일으켜 사람들을 놀라게 했던 '놀려주기(Mystification)' 취향의 목적은 타인을 유혹하고 놀라게 하거나, 타인과 충돌하면서 그러한 행위의 의도를 짐작하지 못하게 하는 것이었다.

댄디가 추구하는 세 가지 행동양식

댄디의 첫번째 목표는 타인과 마주할 때 "규범의 굴레에 익숙해진 정신"에 맞서 "항상 예상치 못한 일을 만들어내는" 것이다. 또한 타인들이 자신에 대해 갖고 있는 이미지에 절대 부합되지 않도록 하는 것이다. 이런 목표에 도달했을 때 비로소 댄디는 그가 살아온 세계로부터 벗어날 수 있다. 물론 댄디가 추구하는 것은 규범의 단순한 위반이 아닐까, 하고 생각할 수도 있을 것이다. 하지만 그것은 아니다. 그러한 위반은 눈에 빤히 보이기 때문이다.

댄디즘은 "관습들을 여전히 존중하면서 그것들을 가지고 노는" 하나의 섬세한 유희다. 그들의 위반은 예측 불가능한 것이다. 그래서 모종의 대가를 지불한다. 댄디의 독창성은 내용보다는 타인의 고정적 시선으로부터 벗어나기 위해 댄디가 수행하는 끊임없는 운동 속에 있다. 모든 사람들이 이런 놀이를 할 수 있는 것은 아니다. 이 놀이의 규칙은 매순간 무언가를 새로 만들어내는 것인데, 바로 그렇기 때문에 시도하기 어려운 것이다. 바르베는 이런 어려운 시도에 정통한 것처럼 보인다. 그 때문인지 그는 친구인 트레뷔시앙(Trebutien)에게 자신의 요란스러운 댄디 시절을 상기시키면서 독창성을 '놀라게 할 필요성'과 동일시했다.

> 나의 말은, 놀라움으로 기가 눌린 형편없는 영혼들에게 나의 진홍색 조끼와 똑같은 효과를 불러일으킨다. 그것은 그들의 눈을 병들게 하고 지독한 질투를 불러일으킨다.
>
> — 트레뷔시앙에게 보내는 편지, 1855년 4월 22일 중에서

댄디의 두번째 목표는 아름다움을 만들어내는 것이다. 화장할 때의 의식에 가까운 과정이나 외양을 완벽하게 꾸미기 위해 투자하는 과도한 정성, 고급스러운 옷감이나 귀하고 사치스러운 물건에 대한 관심 등은 아름다움을 향한 숭배를 명확히 증명한다. 그의 동작, 그의 발걸음, 그가 선택한 재단사, 그가 자주 드나드는 장소 또한 조화로운 통제를 통해 드러난다.

자신의 삶을 아름답게 장식하기 위해, 스스로를 개성 있는 인물로 만들기 위해 모든 재능을 사용하는 댄디는 "자기 나름의 방식을 지닌 위대한 아티스트"다. "그의 예술은 한정된 시간 동안 특징지어지거나 드러나지 않았다. 그의 예술은 인생 그 자체, 비슷한 동료

들과 어울려 살도록 창조된 인간에게만 주어진 영원히 빛나는 재능
그 자체였다. 다른 예술가들이 자신의 작품으로 사람들을 기쁘게
하듯, 그는 자기 몸으로 사람을 즐겁게 했다." 댄디는 스스로 자신
의 상(像)을 조각한다.

　댄디의 세번째 목표는 독립성이다. 그는 자기 삶의 선택에 유일
하게 책임을 지고, 자신만이 규칙을 알고 있는 게임의 대가다. 타
인을 지배할 수 있을 만큼 우월하기 때문에 그는 타인과 구별된다.
이런 여러 이유로 댄디가 획득하는 자유는 어렵고 힘든 것이다. 댄
디즘에 법률이나 제도란 존재하지 않는다. "만일 그런 법이 있다면
그 규칙을 따르기만 하면 댄디가 될 수 있을 것이다. 원하는 자들은
누구나 댄디가 될 수 있을 것이다." 물론 바르베가 보기에 댄디즘
도 분명히 "몇 가지 원칙과 전통을 가지고 있다. 그러나 이 모든 것
은 변덕의 지배를 받는다."

　이런 독립성은 댄디 자신의 개인주의와 밀접한 관계가 있다. 타
인들이 이해할 수 없는 존재라 타인의 대상화하는 시선으로부터 벗
어난 인물을 창조하는 능력이 있기에 가능한 것이 바로 독립성이
다. 댄디의 독립성은 자기 스스로 만들어낸 것이기 때문에 역동적
이다. 그가 독립성을 획득하기 위해 역동적으로 움직이는 이유는
무엇보다 스스로를 보호하기 위해서다.

댄디의 목표
'닐 미라리(Nil Mirari)', 결코 흥분하지 말지니

이런 목표에 도달하기 위해 댄디가 보유하고 있는 무기는 공격용 이기도 하며 다른 한편으로는 방어용이기도 하다. 그것들의 성격은 댄디즘의 본질 자체이며, 댄디가 추진하는 일의 목적과 일치한다. 댄디가 사람들을 놀라게 하거나 예측하지 못한 일을 하고자 하는 것은 사실이다. 그렇다고 자신의 대중과 결별하는 데까지 가지는 않는다.

그들은 자신의 행위를 우아함으로 포장하려고 한다. 바르베는 우아함을 거의 종교적 의미에서 하늘이 내려준 선물로 이해했다. 브러멀은 바르베가 보기에 무엇보다 먼저 그것을 소유한 인물이었다. 세속적 의미에서 우아함은 '기발한 것(Fantaisie)'인데, 그것은 규범의 예측 가능성에서 벗어나게 하고, 따분한 사회를 유혹하고 흔들어놓는다. "진실이라고 보기에는 너무 편협한 도덕률"에 지배되고 있는 대중, "경직되고 천박한, 무례하고 호전적인" 대중들 속에서 변덕과 경박함과 상상력은 사회의 통념을 깨뜨리고 "다른 곳에서 라면 불가능할 매너와 태도에 관한 학문을 탄생시킨다. 그리고 브러멀은 이러한 점을 드러낸 최후의 인물이었으며 어느 누구도 그에 필적할 수 없을 것이다."

우아함은 브러멀이 그 훌륭한 예를 보여주는 것처럼 육체적, 사회적, 정신적 자유로움을 부여한다. 우아함은 무례함이 벌을 받지 않도록 보장한다. 심지어 무례함을 추구하게 만들기까지 한다. 그를 둘러싸고 있는, 그가 시선과 동작을 간파하고 있는 우아함의 미덕 덕분에 댄디는 타인들을 가지고 놀 수 있고 그를 찬미하는 세상과 충돌할 수도 있다. 그는 타인을 불쾌하게 한 나머지 유쾌하게 할 수 있고, 때때로 공격적인 독창성도 용서하게 할 수 있다.

댄디즘의 본질적 구성 요소이자 댄디가 보유한 무기 가운데 가장 필요하고 효과적인 무기는 의심할 여지없이 냉정함(Impassibilité)이다. 그 변이형으로는 태연함, 무관심한 태도, 무사태평한 태도 등이 있다. 브러멀은 어땠는지 몰라도 바르베에게 냉정함은 가장 획득하기 어려운 무기였다. 왜냐하면 바르베는 매일매일의 작업이나 결점 없는 의지 또는 후일 보들레르가 '금욕(Ascèse)'이라 불렀던 것으로 자신의 고통스런 감성을 이기든지 잠재우든지 해야 했기 때문이다. 냉정함은 감정을 길들이면서 타인의 조심성 없는 시선으로부터 자아를 보호해주고, 그 누구도 자신의 존재에 침범할 수 없도록, 상처를 낼 수 없도록 해준다.

댄디즘은 근대의 혼잡함 속에 고대의 차분함을 도입했다.

-『댄디즘과 조지 브러멀』 중에서

냉정함은 짐짓 꾸민, 그러나 일관성 있는 하나의 언어다. 냉정함 이란 세상을 경험하고 돌아와 이제 세상에 대한 환상 따위는 없는 냉소주의자가 된 한 우월한 인간이 인위적으로 정해진 사회적 관 습, 전통, 도덕, 법률, 제도 따위를 부정하고 인간의 본성에 따라 자연스럽게 살자고 주장하는 것이다. 그렇게 함으로써 냉정함은 타 인을 지배하는 무기가 될 수 있는 것이다.

좀더 깊이 말하면 냉정함은 아무것도 아닌 양하고 타인들에게 무 의미한 것처럼 보이게 함으로써 영향을 안 받은 척하면서 감정이나 욕심, 충동 따위를 이성적 의지로 눌러 이기는 것을 말한다. 여론이 나 불확실한 대중적 의견에 의해 인정된 가치 질서를 뒤바꾸는 것이 다. 댄디가 냉정하게 자제하고 집중하여 자아에 대해 비평적 거 리를 두는 이러한 태도는 보여주려고 결심한 것만을 보여주는 것이 므로 의지의 승리를 보장한다. 이처럼 각각의 댄디들은 스스로를 위해 하나의 슬로건이 될 경구 '닐 미라리(Nil Mirari, 결코 흥분하지 말지니)'의 의미를 새롭게 발견하게 된다.

주어진 것 또는 부여된 것을 꾸미면서 냉정함은 자연과 자연스 러움을 길들이고, 질서와 평온과 미(美)로 구성된 반-자연(Anti-

Nature) 자체를 받아들이게 한다. 이상적인 '다른 곳(Ailleurs)'을 꿈꾸었던 보들레르의 꿈은 바르베가 댄디즘의 전제로 내세운 자아의 억제와 집중 속에서 거의 전적으로 실현된다. 우리가 이미 본 것처럼 이러한 태도의 목적은 순수한 '드러내기'를 완전히 뛰어넘는 것이다.

미학적으로 완벽함을 추구하는 댄디의 냉정함은 의지력으로 실존적 한계를 극복할 수 있음을 보여준다. 그런 의지의 윤리학 덕분에 댄디는 시간을 초월한 자아의 이미지를 창조하는 것을 방해하는 모든 세력들에게 패배를 안겨줄 수 있다. 댄디의 매끄러운 외양은 그 정체를 파악하기 쉽지 않다. 따라서 인간의 세속적이고 물질적인 조건과 사교계 내부의 조건들이 별로 영향을 미치지 못한다. 시간과 자연 또는 사회에 대한 도전인 냉정함은 신격화된 순간(Instant) 속에 존재하며 이는 또한 죽음에 대한 도전이다. 스스로 감정이나 욕망을 억제하고 세상이 타격을 가하더라도 흔들림 없는 상(像)을 만들겠다는 엄격한 극기와 금욕주의적 의지는 아마도 심오한 회의주의와 고독의 표현일 것이다.

댄디는 자기 모습을 스스로 단장하여 세상을 유혹하겠다는 단 하나의 목표를 향해 돌진한다. 그래서 사회적이든 정치적이든, 단순하게 인간적이든 다른 목적을 띤 그 어떤 참여도 경멸한다. 그러나 아름다운 제스처에 대한 사랑으로 화려하게 참여한다. 댄디는 가망 없는 목적을 거부하지 않기 때문이다. 댄디의 참여 방식은 이성적이고 계산적이다. 그는 우발적인 것을 거부한다. 냉정함은 그 점을 가장 분명하게 보여준다. 댄디는 아무것도 아닌 사소한 것에 근거를 둔다. 비록 그에겐 그것이 전부이지만 말이다. 그런 사소한 것에서 생명을 얻어 살아가기 때문에 한편으로 댄디는 자신이 완벽하게 제어한 외양 속에 고정하고자 하는 삶을 배신하고 있다고 할 수 있다. 또한 무에 기초한 영웅주의가 모든 영웅주의만큼 가치가 있음을 증명하고 있다고 할 수 있다.

브러멀, 바이런을 넘어 보들레르에게로

바르베는 브러멀을 댄디즘의 화신으로 만들었다. 이 과정에서 겉으로 드러난 브러멀의 모습과 실제 브러멀의 모습이 서로 뒤섞인다. 냉정함은 가면이 아니라 그의 본질이 된다. 냉정함은 아무것도 감추지 않는다. 어떤 동요, 어떤 고통도, 어떤 상처도 숨기지 않는다. 다시 한번 강조하지만 바르베는 브러멀의 참다운 모습이 어떤 것이든 그를 댄디즘의 정수(精髓)이자 표본으로 만들려고 했다. 그는 이런 절대적인 준거를 만드는 작업을 통해 일관성 있는 이론을, 나아가 하나의 진정한 철학을 구축하게 된다. 여기에서 현실의 개인은 신화에 자리를 내준다. 브러멀은 한 사람의 댄디가 아니라 댄디즘 자체의 표상이 되는 것이다.

　바르베에 의해 추상화된 댄디 브러멀과 비교해보면, 어느 한구석이라도 인간적인 면이 남아 있는 댄디는 이미 불완전한 존재다. 댄디의 특성이나 속성을 완전하게 구현하기 위해 댄디는 자신이 취해야 할 용모나 태도 전체를 자신의 모델에게서 빌려와 댄디즘의 영역에 속하지 않는 모든 것을 감추어야 한다. 이를 실현한다면 그의 댄디즘은 자아에 대한 승리를 뜻하게 될 것이다. 그의 냉정함은 가면이 되고 그의 댄디즘은 감정의 동요를 감추는 능력이 될 것이다.

바르베의 댄디즘과 브러멀의 댄디즘은 모순되는 부분도 있지만 많은 부분에서 서로 겹친다. 바르베는 브러멀과 낭만주의 시인 바이런 사이에서 고민을 거듭한다. 그러고는 브러멀의 차가운 허영심에서 바이런의 곡절 많은 열정으로, 브러멀의 댄디에서 개인주의적이고 자신만만한 19세기의 멋쟁이 '리옹'으로 이동한다. 리옹은 루이 필리프 시대에 등장한 프랑스의 댄디들로, 당시 의상과 착용법, 취미, 사회적 태도에 있어서 최고의 엘레강스를 대표하는 남성들이었다. 1830년대 중반에 남성 댄디인 리옹―lion, 숫사자―이 등장하고, 약간 늦은 1840년경에 비슷한 무리인 여성 댄디 리온―lionne, 암사자―이 출현한다. 리온은 정열적이고 적극적인 여성을 지칭하는 것으로 승마를 즐기고 총도 잘 쏘며 경마장의 은어를 쓰고 담배를 피우며 샴페인을 즐겨 마셨다.

이렇듯 두 가지 축, 즉 댄디의 외관과 실체의 두 축은 바르베를 이중으로 유혹했다. 자신의 『회고록(Memoranda)』에서 바르베는 때로 댄디로서 자신의 삶에 대해 반어적으로 되묻는다. 그리고 그런 삶에서 경박함을 읽고 그 삶을 내던져버리고 싶은 유혹에 사로잡히기도 한다. 이런 내면적인 갈등과 염려는 댄디즘의 철학에 깊은 영향을 받은 그의 삶이나 작품에서는 드러나지 않는 것 같다. 그럼에도 그런 갈등과 염려는 바르베의 이원성과 말과 행동 사이의 모순을 증명하는 것이며 가면의 존재를 입증하는 것이다.

그러한 바르베의 이원성은 그가 인용한 으제니 드 게랭(Eugénie de Guérin)의 아름다운 표현에서도 잘 드러난다. 그녀는 이렇게 말했다.

바라보아도 볼 수 없고 아무리 찾아도 찾을 수 없어 지친 한 여성은 이렇게 썼다. "당신은 미로 안에 자리 잡은 궁전이에요." 그녀는 자신도 모르는 사이에 댄디즘의 한 원리를 이야기한 셈이다. 모든 이가 궁전이 될 수는 없지만, 누구나 미로는 될 수 있다.

―『댄디즘과 조지 브러멜』 중에서

바르베가 자주 인용하는 이 표현은 원래의 것이 약간 변형된 것이다. 그의 두번째 『회고록』이 이 점을 더 분명하게 말해주고 있다.

"그녀는 나에게 말했다. 나는 미로가 들어선 아름다운 궁전이라고." 미로를 통과하게 하기 위해서 아름다운 궁전이 그곳에 있다. 나는 나의 모습을 상상한다. 그러나 아무렴 어떠랴. 그녀의 말은 참으로 아름답다. 그리고 나를 기쁘게 한다. 나는 그 말이 나에게 적용되었다는 사실에 자부심을 느낀다.

여기서 궁전은 미로, 표현되지는 않았지만 우리가 짐작할 수 있는 감수성을 지니고 있는 미로를 담고 있는 눈부시게 화려한 겉모습을 가리키는 것 같다. 바르베의 댄디즘은 바로 자신의 실체를 숨기고자 하는 이런 의지 속에 들어 있다. 놀라게 하고 싶은 욕망, 무례함, 무관심 등 댄디즘의 외적인 표현들은 바로 그가 내면에 가지고 있는 것을 감추고자 했기 때문에 거기 있는 것이다. 댄디즘은 그 복잡성을 더욱 강화하는 바로 이런 실제와 외관 사이의 분리를 먹고사는 것이라고까지 말할 수 있다.

바르베는 그 사실을 끊임없이 상기시킨다. 그는 무례함을 "사람들이 각자 스스로 느끼고 있는 약점을 감춰주는 가장 우아한 외투"라고 정의하기도 하고, 때때로 자신의 댄디즘에 비추어 브러멀의 댄디즘을 재해석하기도 한다. 그는 "황태자 전하의 부루퉁한 태도에 자신이 마치 갑옷처럼 사용하는, 따라서 꿰뚫을 수 없게 만드는 예의 우아한 무관심으로 대처하는" 브러멀을 소개한다.

이 방어적 무기가 그의 실체에 속하는 것일까? 바르베는 방금 언급한 부분에 대한 주석에서 이렇게 고쳐 쓴다. "'꿰뚫을 수 없을 것처럼 보이게 만드는'이라는 표현이 아마 더 적합할 것이다." 여기에서 재등장하는 것이 가면(Masque)이다. 댄디들은 자신들의 가슴속에 모든 한숨을 억눌러놓아야 한다. "이들, 규방의 스토아 학파들은 가면 아래서 자신들의 피를 마시며 계속해서 가면 속에 머무른다. 여자들도 마찬가지지만 댄디들에게는 남들에게 보인다는 것이 곧 존재하는 것이다."

우리는 불완전하기에 가면을 쓴다

댄디즘의 이러한 개념에서 브러멀이라는 인물과 관련된 댄디즘이 아니라 낭만주의의 영향을 받은, 그리고 문학적인 활용의 측면에서 수정된 댄디즘을 볼 수 있다. 특히 소설은 무관심의 가면 뒤에 숨어 있는 진짜 영혼이 점진적으로 모습을 드러내는 과정을 묘사한다는 점에서 그러하다. 장르의 성격상 어떤 신비도 감추고 있지 않은 천성적 댄디들을 묘사하는 데 만족할 수는 없다. '카드의 숨겨진 패(Dessous de Cartes)'에 깊은 관심을 가졌던 소설가 바르베는 이런 심층의 추구를 자신의 소설들을 지배하는 미학적 원리로 삼고 있다.

브러멀이 바르베의 댄디즘에 대한 시론에 영감을 준 것은 사실이다. 그러나 그는 소설의 훌륭한 주인공이 될 수는 없을 것이다. 그는 실체와 외관이 뒤섞여 있기 때문이다. 브러멀은 시간의 밖에 산다. 반면 소설은 등장인물들에게 흔적을 남기고, 그들의 변모를 보장하고 화자로 하여금 등장인물들의 의식을 파헤쳐 감춰진 진실을 찾도록 하는 연속적인 시간 속에서 발전한다.

완벽하지 않은 불완전한 댄디들, 타락할 위험에 놓인 댄디들의 댄디즘은 본질적으로 가면을 쓰고 있다. 그들은 삶의 시간에 복종하기 때문이다. 바르베는 브러멀에게 신성불가침한 완벽한 이미지를 부여하면서 그를 하나의 신화로 승화시켰다. 그에게는 브러멀만이 유일한 댄디였던 셈이다.

『댄디즘과 조지 브러멀』에서 그려진 '이상적' 댄디는 자신의 진면목은 가면 뒤에 숨기고, 자신을 노출하길 극히 꺼리며 내적인 삶의 진실에 완강히 침묵하는 인물이다. 우리는 냉담함을 가장하며 쉽게 감동받지도 놀라지도 않으려는 태도에서 정신적인 완벽을 추구하는 한 존재가 스스로 택한 행동지침을 읽어낼 수 있다. 이런 의미에서 바르베의 댄디즘은 후일 보들레르가 찬양한 영웅주의의 원천이라는 설명이 가능해진다.

바르베에게서 비롯되어 보들레르가 그 의미를 정립한 '영웅주의'는 철저히 자신을 통제하고 타인의 시선 앞에서 자신을 연출해나가면서, 세상이 자신의 유일한 의지가 산출하는 이미지를 인정하도록 만들기 위해 끊임없이 다시 시작하는 노력에 바탕을 두고 있다. 바르베는 (그리고 이후 보들레르도) 민주주의의 기만적 평등 때문에 위협 받는 사회에서 댄디의 독창성은 획일성을 거부하고 개인의, 예술인의 개별적인 권리를 주장하기 위해 영웅적으로 투쟁한다는 것에 있다고 설명한다. 댄디즘은 평등사회의 압력으로 사라져갈 수밖에 없는 상황에서 시대의 천박함을 거부하고 사회 위에 올라서서 가능한 한 '우월한' 인간이 되고픈 열망의 표출이다. 태곳적 황금시대에 대한 향수인 이것은 행동하는 자유, 자아와 타자에게서 획득한 영웅적 완성 가능성을 나타낸다.

바로 여기에 바르베가 타인들을 지배할 때 사용하는 댄디의 무기들에 대해 그토록 강조했던 이유가 있다. "모든 댄디는 배짱 있게 일을 벌이지만 배짱 아래엔 빈틈없는 재치가 있으며 파스칼의 그 유명한 교차점, 즉 '독창성'과 '괴벽'이 만나는 정확한 지점에서 멈춰 선다." 이 대담한 사람은 아이러니를 우아하게 구사한다. 브러멀의 "말투는 신랄했고 조롱은 혹독했다." 아이러니 덕분에 "모든 사람들을 방출한" 이 천재는 "수수께끼처럼 흥미를 자아내고 위협적으로 괴롭히는 스핑크스 같은 분위기"를 획득한다. 그리고 바르베는 브러멀에 대해 다음과 같이 덧붙인다. "이러한 천재적인 아이러니로 인해 브러멀은 영국이 낳은 신비스러운 인물 중 최고가 되었다."

지배하기 위해 댄디는 아이러니에 무례함을 추가한다. "가벼움과 냉정함의 딸"이며 "우아함의 누이"이기도 한 이들은 말보다 분위기로, "억양과 시선, 동작과 뚜렷한 의도, 심지어 침묵 그 자체만"으로 영향을 미쳤다. 무례함은 사실 "훌륭하게 작성된 어떤 경구보다 훨씬 더 강력한 힘"을 가지고 있다.

끝으로 댄디는 그가 지닌 힘을 손상 없이 유지하기 위해 독특한 냉담함을 유지할 필요가 있다. 바르베가 따온 말에서 마키아벨리는 "차가운 정신이 세상을 지배한다"라고 했다. 차갑고 무뚝뚝한 댄디는 누군가에게 종속되어 해를 입지 않으려고 열정과 사랑을 모르는 체한다. 왜냐하면 "당신을 가장 다정하게 포옹하는 팔이라 해도 결국 쇠사슬이기 때문이다." 가면을 쓴 댄디도 거친 열정에 몸이 달아오를 수 있다. 그러나 그것을 품고 있는 불꽃은 잠복한 상태로 있을 것이며, 차가움으로 가장한 것이 그 열정을 이길 것이다. "열정이란 너무나 진실한 것이기에 열정적인 사람은 댄디가 될 수 없다."

댄디, 여성성과 남성성의 통합

우아함, 냉정함, 무례함, 냉담함 등이 바로 댄디가 자신이 지닌 힘에 대한 숭배를 유지하기 위해 소유한 무기들이다. 여기에 바르베는 『댄디즘과 조지 브러멀』의 결론 부분에서 댄디의 신화를 더 풍요롭게 할 새로운 이미지를 하나 제시한다. 그것은 제3의 성(性) 안드로귀노스(Androgyne)와 관련된 신화다. (사람 중에는 남성과 여성의 성징을 함께 가지고 있는 사람이 있다. 이런 사람을 신화에서는 '양성구유자' 또는 '양성공유자', 즉 두 개의 성을 두루 갖추고 있는 사람이라고 부른다. 우리말로는 '남녀추니', 순수한 우리말로는 '어지자지'라고 한다. 의학적으로는 '앤드로자인', 또는 '허머프로다이트'라고 한다. 앤드로자인은 그리스어 '안드로귀노스'에서 온 말이고, 허머프로다이트는 '헤르마프로디토스'를 영어식으로 발음한 것이다.) 그는 댄디를 다음과 같이 묘사한다.

> 애매하고 지성적인 성별을 지닌, 이중적이고 복합적인 본성들, 그들
> 의 우아함은 권력으로 더욱 강력해지고, 권력은 우아함으로 더욱 강력
> 해진다. 댄디들은 우화 속이 아닌 역사에 존재하는 남녀추니이며, 알키
> 비아데스는 아름다운 이들 가운데에서도 가장 훌륭한 유형이었다.
>
> —『댄디즘과 조지 브러멀』 중에서

바르베는 아마도 댄디와 안드로귀노스를 비교한 최초의 인물일
것이다. 여자와 같은 스타일로 유혹하는 댄디의 재능을 강조하기
위해 그는 이미 고급 매춘부 헨리엣 윌슨(Henriette Wilson)이 브러
멀에 대해 화를 내고 질투하는 장면을 언급한 바 있다. 그는 이렇게
적었다. "여성들은 브러멀이 자기들만큼 우아했다는 사실 때문에,
남성들은 자기도 그처럼 우아해지지 못했다는 사실 때문에 결코 브
러멀을 용서하지 않았으리라." 그는 또한 여자들에게서와 마찬가지
로 댄디들에게도 외관이 매우 중요하다는 사실을 재차 강조했다.

쥘 르메트르(Jules Lemaître, 1853-1914)는 바르베의 이런 지적을
자신의 『동시대인들(Les Contemporains)』이라는 책에서 다시 취한
다. "그가 사람들을 지배할 때 사용하는 수단 또는 방법은 여인들
이 구사하는 것과 흡사하다고 할 수 있다. 댄디는 반자연적이고 안
드로귀노스적인 어떤 것인데, 그것을 통해 그는 무한정 유혹할 수
있다."

우리는 발자크의 작품 속에 등장하는 잔인하고 냉소적인 앙리 드
마르세(Henri de Marsay)를 비롯해 대부분의 위대한 댄디들이 여성
적인 어떤 것을 가지고 있음을 기억한다. 여성적인 그 무엇은 대개
의 경우 그들의 유혹하는 힘을 배가시키는 데 기여한다. 이러한 여
성성은 소중한 우아함을 부여하며, 그것은 바르베에게 있어 내밀하
게 권력과 연결되어 있다. 브러멀의 경우나, 발자크의 댄디들, 그리
고 바르베가 결론 부분에서 내리고 있는 정의에서도 그 사실을 확
인할 수 있다.

댄디즘의 특수성은 바로 이런 우아함과 힘의 결합에 있다. 그것
이 댄디와 다른 우아한 자들을 구분 짓고, 댄디 이전의 사람들과 이
후의 사람들을 구별하게 한다. 우리는 여기서 남성성과 여성성을
통합하고 감정을 배제하며 "성적이고 감정적 차원에서 자급자족
능력"을 가지고 있는 통일적이고 완벽한 이상(理想)인 안드로귀노
스와 댄디를 바르베가 비교하고자 한 이유를 더 잘 이해할 수 있다.
댄디의 고상한 고독과 자가 발생(Autogènese)의 모든 꿈은 이러한
비교 속에 잘 드러나 있다.

안드로귀노스와의 비교 외에 바르베는 루이 14세 시대의 로죙
(Lauzun) 공작을 언급하면서 또다른 이미지를 제시한다. 바르베는
로죙이 댄디들의 호랑이적 허영심을 가지고 있었다고 주장한다. 그
리고 로제 켐프(Roger Kempf)는 『댄디들: 보들레르, 그리고(Dan-
dies: Baudelaire et Cie)』라는 책의 「고양이 같은 유연함」이라는 장에
서 댄디를 "한 마리의 고양이, 호랑이, 사자"로 정의한다. 19세기

의 화려한 댄디인 리옹이 댄디의 또다른 이름이었다는 사실도 기억해야 할 것 같다. 고양이과의 동물들이 보들레르의 상상계에서 중요한 역할을 담당했다는 사실 또한 널리 알려져 있다. 이런 동물들은 댄디에 내포된 힘, 냉정하고 표면적으로 초연하고 때로 의연한 힘을 명확히 설명해준다. 또한 댄디의 거만한 태도 뒤에 감춰진 흔들림과 고독한 자만심도 잘 설명해준다.

'깊은 댄디즘'으로 나아가다

댄디즘에 대해 바르베가 제시한 이론은 참으로 풍요롭다. 이러한 이론적 정립이 자양분이 되어 보들레르에 이르러 바르베의 '순수한 댄디즘'은 단순한 몸단장이나 생활 태도에 지나지 않는 단계를 넘어 일종의 정신적 태도 혹은 예술가의 덕목이라 할 범위까지 아우르는 '깊은 댄디즘'으로 진화한다.

보들레르에 따르면 댄디는 "스스로 독창성을 이루고자 하는 열렬한 욕구"에 사로잡힌 "정신적 귀족주의자"이며, 댄디즘은 "퇴폐기에 출몰한 마지막 영웅주의의 섬광"이다.

자신의 실제 삶과 주변에서 행한 관찰들, 특히 브러멀의 삶에 대한 성찰에서 자양분을 얻은 바르베의 이론은 댄디즘에 대한 역사적 현실을 넘어 댄디즘에 대한 신화적 이미지를 구축했다. 보들레르로부터 현대에 이르기까지 댄디즘에 대해 해설을 한 거의 모든 사람들이 직간접적으로 바르베의 영향을 받았다는 사실은 그리 놀랄 일이 아니다. 바르베는 치밀한 이론적 성찰을 거쳐 댄디즘을 하나의 신화로 창조했다. 그의 『댄디즘과 조지 브러멀』은 미래에 다가올 거의 모든 성찰에 자양분을 공급했고, 댄디라는 현상에 대해 끊임없이 매력을 느끼도록 만드는 데 기여했으며, 댄디즘이 도덕적, 철학적, 미학적 가치를 부여 받을 수 있게 했다.

DU DANDYSME ET
DE GEORGE BRUMMELL

JULES-AMÉDÉE BARBEY D'AUREVILLY

댄디즘과
조지 브러멀

쥘 바르베 도르비이

"열정적인 사람들에게 사랑받는 것보다
냉정한 사람들의 환심을 사는 일이 더 어렵다."
–「왕녀론」*

* 저자가 인용문처럼 적고 있는 이 글은 저자가 구상했지만 완성하지 못한, 넬슨
제독의 연인 레이디 해밀턴(Lady Hamilton, 1765-1815)에 대한 연구 첫머리
에 넣으려던 글이다.

· **일러두기**
본문 중 회색으로 처리한 괄호 안의 설명은 옮긴이의 것이다.

I

모든 감정은 저마다 쓰임새를 가지고 있다. 그중에서 모든 사람이 한결같이 마뜩잖게 여기는 감정이 하나 있으니, 그것은 바로 '허영심'이다.

모럴리스트(살아가는 방식을 탐구하여 이것을 수필이나 단편적인 글로 표현한 문필가를 이르는 말로, 몽테뉴, 파스칼, 라로슈푸코, 라브뤼예르 등이 이에 속한다)들은 너나없이 자신들의 책에서 허영심에 비난을 퍼부었다. 허영심이 우리 영혼 속에 얼마나 너른 자리를 차지하고 있는지 그토록 잘 입증해낸 모럴리스트들조차 말이다. 하루에도 수십 번씩 자신들의 삶과 그 방식을 들여다보아야 하므로 나름대로는 모럴리스트라고 할 수 있는 사교계 사람들 또한, 모든 감정들 중에서 최하의 감정이라는 허영심에 내려진 그 책들의 선고를 답습했다.

우리는 사람을 억압하듯 사물을 억압할 수 있다. 허영심이 우리 정신의 감정 서열에서 맨 아래에 있는 감정이라는 것은 과연 진실에 부합할까? 허영심이 최하의 감정이라면 그에 합당한 자리에 있는 것일 텐데, 우리는 왜 그렇게 그것을 경멸하는 것일까?

과연 허영심이 가장 저급한 감정인 것일까? 감정의 가치는 그것이 사회적으로 얼마나 중요한가에 따라 정해진다. 도대체 감정의 질서 속에서, 크게는 명예욕, 작게는 허영심이라 불리는 이 감정, 타인의 찬동을 구하려는 이 불안한 추구, 관객의 환호를 받으려는 이 해소되지 않는 갈증보다 사회생활을 하는 데 더 유용한 감정이 무엇이란 말인가? 사랑? 우정? 그도 아니면 자존심? 헤아릴 수 없이 많은 미묘한 의미들과 그 부산물들로 이루어진 사랑, 우정, 그리고 자존심은 한 사람의 타인에 대한, 또는 몇 사람의 타인에 대한, 또는 자기 자신에 대한 편애에서 출발하며, 이 편애는 배타적이다.

하지만 허영심은 모든 사람을 겨냥한다. 허영심이 이따금 몇 사람만의 찬동을 택하는 것은, 그 자체가 늘 타인의 찬동을 추구하는 허영심의 기질인 동시에, 특정한 한 사람만을 겨냥한 찬동이 거부되었을 때 체면을 지키게 해주기 때문이다. 허영심은 접혀버린 장미꽃잎 위에서는 두 번 다시 잠을 청하지 않는다.

사랑은 사랑하는 사람에게 말한다, 그대는 나의 온 우주라고. 우정 또한 말한다, 그대는 내게 만족을 준다고. 더 빈번하게는, 그대는 내게 위안을 준다고. 하지만 자존심은 말이 없다. 어느 눈부신 지성은 이렇게 말했다.

자존심은 맹목적이면서 아무것도 하지 않는 고독한 제왕이다. 그의 왕관은 그의 눈 속에서 번쩍거린다.

허영심은 사랑의 우주보다 더 넓은 우주를 거느리며, 우정에는 충분한 것도 허영심에게는 충분하지 않다. 자존심이 왕이라면 허영심은 여왕이다. 이 여왕은 통찰력이 뛰어나고 항상 분주하며 늘 많은 사람들에게 둘러싸여 있다. 그녀의 왕관은 그녀를 더욱 돋보이게 하는 바로 그곳에 존재한다.

허영심의 위대한 화신 조지 브러멀에 대해, 그리고 지나치게 과소평가되고 있는 이 허영심의 열매인 댄디즘에 대해 말하기에 앞서, 우선 이 점들을 분명히 해둘 필요가 있다.

II

허영심이 충족되고 또 겉으로 드러날 때, 허영심은 '자만심'이 된다.

자만은 겸양을 가장한 위선자들이, 즉 모든 사람들이 진실한 감정들을 두려워하여 만들어낸 다소 엉뚱한 말이다. 그러므로 대부분의 사람들이 생각하는 것처럼, 자만심이 오로지 여자들의 관계에서 나타나는 허영심에 국한된 감정이라고 여기는 것은 잘못일 것이다. 물론 그렇지 않으며, 온갖 유형의 거들먹거리는 사람들이 존재한다. 가문이나 재물을 내세우거나 야심이나 학식을 앞세워서 말이다.

튀피에르(Tufière)는 그런 인물들 중 한 명이며, 튀르카레(Turcaret, 극작가 알렝 르네 르사주의 연극 〈튀르카레〉의 주인공) 또한 그러하다. 하지만 프랑스에서는 여성들의 영향력이 크기 때문인지, 스스로를 거부할 수 없는 매력의 소유자라고 여기며 여성들의 환심을 사는 데 능한 남자들의 허영심에 특히 이 자만심이라는 말을 부여했다. 하지만 여성이 존중받는 모든 민족에게서 공통적으로 나타나는 이 자만심은 얼마 전부터 파리에 뿌리를 내리려는 노력을 기울여온 또다른 종류의 자만심, 댄디즘과는 전혀 다른 것이다. 자만심이 인간의 보편적인 허영심의 형태라면, 댄디즘은 특별한, 그것도 매우 특별한 허영심, 즉 영국적 허영심의 형태인 것이다. 인간적이고 보편적인 모든 것은 볼테르의 언어(프랑스어를 말한다) 속에 그 이름을 가지고 있으므로, 거기에 없는 것이라면, 우리는 부득이 그것을 거기에 등재시켜야 한다. 댄디즘이라는 말은 프랑스어가 아니기 때문이다.

댄디즘이라는 말은, 그것이 표현하는 것만큼이나 우리에게는 낯선 것으로 남게 될 것이다. 우리는 모든 색깔을 다 보여줄 수 있지만, 아무리 변화무쌍한 카멜레온도 흰색을 보여줄 수는 없는 일이다. 그런데 어떤 민족에게 흰색은 그들의 독창성(Originalité)의 힘 그 자체다. 우리가 우리 고유의 재능이랄 수 있는 타문화를 흡수하는 힘을 훨씬 더 많이 갖게 된다 해도, 신이 우리에게 주신 이 재능이, 한 민족의 본질, 개성 그 자체를 구성하는, 다시 말해 자기 자신이 되는 힘이라고 할 수 있는 이 또다른 힘, 이 또다른 재능을 지배하지는 못할 것이다. 그렇다! 우리가 댄디즘이라고 부르는 것을 만들어내는 것은─접시 닦는 보조요리사의 가슴 저 깊은 곳까지 닻을 내리고 있는 허영심, 파스칼이 눈먼 무례함에 불과한 경멸을 퍼

부었던—이 인간적 허영심 위에 새겨진 영국적 독창성의 힘이다.

이 허영심을 영국인들과 공유할 수 있는 방법은 없다. 그것은 마치 그들의 타고난 특성인 양 심오하다. 원숭이처럼 흉내를 낸다고 해서 닮게 되는 것이 아니다. 마치 어떤 연미복의 형태를 본뜨듯 분위기나 포즈를 취할 수는 있겠다. 하지만 연극놀이는 피곤한 것이고, 가면은 댄디즘의 피에스코(독일의 시인이자 극자가 실러의 비극 「피에스토의 반란」에서 모반을 일으킨 인물이다)가 될 만한 성격의 사람들에게조차 쓰기 두려운 끔찍한 것이었으니, 설령 그 가면이 필요하다 해도, 우리의 사분사분한 젊은이들에게 그것이 어떠할지는 말할 필요도 없을 것이다. 그들이 들이쉬고 내쉬는 권태는 그들에게 댄디즘의 그릇된 반영만 줄 뿐이다. 그들이 아무리 위악적인 포즈를 취한다 해도, 원한다면 팔꿈치까지 오는 하얀 장갑을 낄 수도 있겠지만, 리슐리외의 나라(프랑스를 말한다)는 결코 브러멀 같은 인물을 배출해내지 못할 것이다.

III

리슐리외와 브러멀, 유명한 이 두 멋쟁이는 보편적인 인간의 허영
심이라는 견지에서 보면 서로 닮은 것처럼 여겨질 수 있을 것이다.
그러나 그들은 인종의 생리학적인 면에서, 사회의 특질이라는 면에
서 전혀 다르다. 리슐리외는 천둥처럼 감정을 분출할 때면 가장 극
단적인 데까지 가는 예민하고 다혈질의 프랑스 인종이다. 브러멀은
북쪽 민족으로부터 내려온 창백한 점액질(lymphatique, 고대서양 의
학에서 말하는 네 가지 기질 중 하나)의 기질로, 그들의 어머니인 바다처
럼 차갑지만 차가운 피를 알코올의 불꽃으로 덥히기 좋아하는 성마
른 성향의 소유자였다. 서로 기질이 다른데도 둘 다 엄청난 허영심
을 지니고 있었으며 그것을 행동의 추진력으로 삼았다. 이러한 점
에서는 두 사람 모두 허영심을 분류해보고 용서하려 하기보다 단죄

하려 들었던 모럴리스트들의 비난에 도전한 셈이다.

기독교와는 거리가 먼 이들의 마음속에도 여전히 굳건히 자리 잡고 있는, 속세란 경멸해야 할 곳이라는 기독교 사상 아래에서 1,800년 동안이나 짓눌려온 허영심이라는 감정에 대해 생각해본다면 놀랄 이유가 있을까? 게다가 모든 영특한 사람들이 자신들의 재치를 속죄하려 하는 발걸음에는 약간의 지적인 선입견이 있다는 것은 사실이 아니던가? 미소 지을 줄 모르기 때문에 스스로가 진지한 사람이라고 생각하는 사악한 이들이 브러멀에 대해 수군거릴 기회를 놓치지 않았다는 사실이 이로써 설명된다. 샹포르(Chamfort, 1741-94)가 정치적인 이유 이상의 앙심을 품고 리슐리외를 미워했던 일 역시 이로써 설명된다.

리슐리외는 독이 묻은 크리스털 단검으로 찌르듯이, 재기 넘치고 독설을 품은 재치로 샹포르를 공격했다. 그래서 샹포르는 무신론자였으면서도 기독교의 멍에를 짊어졌다. 그 자신도 허영심이 많았으나 남들을 즐겁게 해주고 싶은 욕망을 용서할 수가 없었던 것이다. 무엇보다 바로 그 일로 자신이 고통을 받았기 때문이다. 그리고 리슐리외가 브러멀처럼, 브러멀보다 더욱, 대중의 의견이 창조해낼 수 있는 모든 종류의 즐거움과 영광을 누렸으니 말이다.

리슐리외는 자신의 허영심의 본능을 따름으로써 성공을 거두었다. (허영심이라는 말을 너무 두려워하지 말고 입 밖에 내는 법을 배우자.) 타인들이 야심이나 사랑, 그리고 비슷한 다른 본능들을 따름으로써 성공했던 것과 마찬가지였다. 하지만 비슷한 점은 여기까지다. 그 둘은 기질이 서로 다를 뿐만 아니라, 그들이 일부를 구성하고 있던 사회, 그들 자신의 모습에서도 드러나며 동시에 그들을 대조시키는 사회의 모습도 달랐다. 리슐리외가 속한 사회는 채워지지 않는 즐거움을 위한 갈증 안에서 모든 규제를 끊어버렸으며, 반면 브러멀이 살던 사회는 지겹게 그 규제를 씹어대고 있었을 뿐이다. 그렇게 리슐리외의 사회는 방종했으며, 브러멀의 사회는 위선적이었다. 리슐리외의 '자만'과 브러멀의 '댄디즘'이 지닌 차이가 가장 두드러지는 것은 이처럼 서로 다른 경향 안에서였다.

IV

브러멀은 진정 댄디에 불과할 따름이었다. 이와는 반대로, 리슐리외는 이름만 들어도 알 수 있는 그런 멋쟁이가 되기 전에는, 그 운명이 다해가던 귀족 사회에서 대단히 고귀한 인물이었다. 그는 또한 군부 국가의 사령관이기도 했다. 반항적인 의식이 사람들의 두뇌는 물론이고 제국을 통치하고, 풍속이 즐거움을 가로막지 않던 시절 그는 매력적인 사람이었다. 우리가 익히 알고 있던 모습을 벗어나는 또다른 리슐리외를 상상해볼 수 있다. 그는 인생에서 지닐 수 있는 모든 권력을 자신의 손 안에 지니고 있었다.

그러나 댄디라는 점을 제외하면 브러멀에게는 무엇이 남는가? 그는 당대의, 아니 전 역사를 통틀어 최고의 댄디였으며 그 이상도 그 이하도 아니었다. 그는 정확하게, 순수하게, 그리고 감히 말하자면 거의 순진할 정도로 댄디였다. 고상한 말로 사회라 불리는 그 당시의 난장판에서, 운명은 거의 언제나 재능보다 위대했으며 이따금 재능이 자신의 운명을 앞서는 사람도 있었다. 그러나 예외적으로 브러멀은 그가 타고난 바와 운명, 재능과 행운이 조화를 이루었다. 좀더 총명했거나 더 열정적이었다면, 그는 셰리든이 될 수 있었을 것이다. 좀더 위대한 시인이었다면(그는 시인이었다) 바이런이 될 수 있었을 것이다. 좀더 훌륭한 가문에 태어났더라면 그는 야머스 경(Yarmouth)처럼, 바이런처럼 될 수 있었을 것이다.

야머스, 바이런, 셰리든, 그리고 모든 영광스러운 분야에서 이름을 날렸던 그 당시의 다른 많은 이들은 댄디였으나, 그 이상의 존재이기도 했다. 그러나 브러멀은 그런 이들이 가지고 있던 특별한 점, 어떤 이에게는 열정이나 재능이었으며 다른 이들에게는 고귀한 태생, 혹은 막대한 부였던 그 무엇을 갖지 못하였다. 그는 이러한 빈곤으로 덕을 본 셈이다. 자신을 남들과 구분시켜줄 단 하나의 힘으로만 물러나, 그는 한 사상의 반열까지 올라섰던 것이다. 그는 댄디즘 그 자체였다.

V

　댄디즘은 정의 내리기 어려운 만큼이나 설명하기도 어렵다. 사물을 좁은 관점으로밖에 보지 못하는 이들은 댄디즘이 옷 입는 방식만을 특히 가리킨다고, 의복과 외관의 우아함이 지배하는 대담하고도 행복한 독재라고 상상할 것이다. 물론 그렇기는 하지만, 그 외에도 더 많은 것들이 있다.[1]

　댄디즘은 살아가는 방식에 관한 총체적인 이론이며 물질적인 것만이 유일한 면모는 아니다. 댄디즘은 온통 미묘한 차이들로 구성된 존재 방식이며, 매우 오래되고 문명화된 사회, 희극이 매우 드물어지고 예의범절은 지루하기 짝이 없을 뿐인 사회에서 늘 일어나는 일과 같다. 예의범절과 그로 인해 쌓인 지루함 사이의 대립이 사교 생활의 중심부에서 이렇게 격렬하게 느껴진 곳은, 성경과 법이

이 점에 대해서는 모든 이가 혼동하고 있다. 심지어 영국인들마저도! 『의상 철학(Sartor Resartus)』의 저자인 토머스 칼라일(Thomas Carlyle) 은 최근에 『의복의 철학(Philosophy of clothes)』이라는 책에서 댄디즘과 댄디들에 관해 말해야 할 필요가 있다고 하면서, 술 취한 호가스(William Hogarth, 영국의 풍속화가) 같은 솜씨로 유행하는 옷의 모습을 그려놓고는, "이것이 댄디즘이다!"라고 했다. 그것은 캐리커처라고도 할 수 없다. 캐리커처는 모든 것을 과장하며 무엇도 감추지 않기 때문이다. 캐리커처는 현실에 대한 격분한 과장이며, 댄디즘은 사회적이고 인간적인 동시에 지성적인 것이다. 댄디즘은 저 혼자 걸어 다니는 한 벌의 옷이 아니다! 그와 반대로, 댄디즘을 이루는 것은 옷을 입는 특별한 방식이다. 후줄근한 옷을 입어도 댄디가 될 수 있다. 스펜서 경은 정말로 한쪽 옷자락만 남은 연미복을 입고 있어도 댄디했던 예이다. 비록 그가 일부러 연미복의 한쪽 자락을 잘라내었고, 그 이후로 그런 형태의 코트가 그의 이름으로 알려지게 된 것이 사실이지만 말이다.

믿을 수 없는 일처럼 보일지 모르지만, 한때 댄디들은 찢어진 옷에 대해 환상을 품었다. 이 일은 브러멀의 영향 아래 일어났다. 옷을 입기도 전에 찢어지게 한다는 이 지극히 댄디적인 생각을 떠올렸을 때, 그들은 뻔뻔스러움의 극치에 도달하여 의상이라는 한계 안에서는 그 이상 어떻게 더 나아갈지 모르는 지경에 다다랐던 것이다. 그리하여 그들의 옷은 레이스의 일종, 구름이 되었다. 그들은 구름을 입고 신처럼 걸어 다니고 싶었던 것이다! 이 작업은 어렵고도 지루한 일이었다. 끝이 뾰족한 유리 조각이 사용되었다. 이점에서 여러분은 진정한 댄디즘의 모습을 알 수 있을 것이다. 댄디들에게 옷은 별것 아니었으며, 사실상 거의 존재하지도 않았다.

또다른 예가 있다. 브러멀은 물에 젖은 모슬린처럼 손가락의 모양을 드러내는 장갑을 착용했다. 이 예의 초점은 마치 사람의 손처럼 손톱이 달려 있을 정도로 장갑이 완벽하다는 점에 있지 않다. 댄디즘은 네 명의 특별한 예술가들이 장갑을 제작했으며 그 중 세 명은 손 부분을, 한 명은 엄지손가락 부분을 맡았다는 사실에 깃들어 있다.*

*내가 어리석게도 주석에 또다른 주석을 다는 위험을 무릅썼다는 사실을 명확히 해두고 싶으며, 여러분이 이해해주길 간청하는 바이다. 카우니츠 수상(합스부르크 왕가 시대의 오스트리아 수상)은 영국인이 아니었지만 (그는 사실 오스트리아 인이었다) 차분함, 냉담함, 무심함과 '장엄한 경솔함', 그리고 맹렬한 자기중심주의를 가진 자로서 (그는 기품 있는 어조로 "내겐 친구가 없소"라고 말하곤 했다) 댄디에 매우 가깝다. 마리아 테레지아의 죽음이나 고뇌조차도 그를 일찍 일어나게 하거나, 그가 말로 다 할 수 없이 복잡한 몸단장에 바치는 시간을 일 분이라도 짧게 할 수 없었다. 카우니츠 수상이 알프레드 드 뮈세의 「안달루시아 인」처럼 새틴 코르셋을 입었기 때문에 댄디라는 것이 아니다. 그가 자기 머리카락을 정확히 마음에 드는 색조로 하기 위하여 줄줄이 늘어선 크고 많은 응접실의 방들을 지나다니며, '그러는 동안에' 분첩으로 무장한 시종들로 하여금 파우더를 뿌리게 하였기 때문이다.

『영웅숭배론(On Heros, Hero-Worship, and the Heroic in History)』이라는 책도 썼으며 영웅 시인, 영웅 제왕, 영웅 문인, 영웅 사제, 영웅 예언자, 심지어 영웅 신까지 제시하고 있는 토머스 칼라일이라면, 우리에게 우아한 게으름의 영웅, 바로 영웅 댄디도 제시할 수 있었을 것이다. 그러나 칼라일은 그 점을 잊어버렸다. 게다가 그가 『의상 철학』에서 '댄디 무리들(Dandiacal sect)'이라는 천박한 이름으로 부르고 있는 댄디에 관해 일반적으로 말하는 바는, 그의 혼란스러운 게르만 인다운 관점이 허락하는 한 충분히 명료하게, 영국인 장 파울(Jean Paul, 1763~1825, 독일의 소설가이다)이 브러멀에 관한 정확하고 냉정한 세부 사항을 조금도 관찰하지 않았다는 사실을 보여준다. 그는 어리석고도 진지한 리뷰에서, 마치 브러멀에게 고용을 거부당한 구두장이들과 양복장이들이 평가했을 법한 방식으로 브러멀을 판단해버린 하찮은 프랑스 역사가들의 심오함으로 브러멀에 대해 말했던 것이다. 이 보잘것없는 당통들은 목욕하는 데에도 쓰지 않을 법한 윈저 비누에서 나온 펜나이프로 자신들의 가짜 흉상을 새겼던 것이다!

이끄는 나라, 영국 말고는 없다. 그리고 아마 클라리사 할로(Clarissa Harlowe) 같은 소설 속의 인물과 실존 인물인 레이디 바이런 같은 인물들을 탄생시킨 청교도 사회의 뿌리 깊은 독창성은, 밀턴의 작품에서 원죄와 죽음 간의 결투처럼 영원한 이 투쟁의 격렬함에서 나오는 것일 터이다.[2]

투쟁에서 승리를 거둔다면, 우리가 댄디즘이라 부르는 삶의 방식은, 지금도 그것이 존재한다면 말이지만, 앞으로도 계속 존재하기 위해 분명 상당한 변화를 겪을 것이다. 왜냐하면 댄디즘은 예의범절과 지루함 사이의 끝없는 투쟁에서 솟아났기 때문이다.[3]

따라서, 댄디즘의 결과이자 중요한 특징 중의 하나는, 다시 말해 가장 일반적인 특성은 항상 예상치 못한 일을 만들어내는 것, 규범의 굴레에 익숙해진 이들이 상식적으로 기대하지 못했던 일을 해낸다는 것이다. 영국의 토양이 생산한 또다른 열매인 기행(奇行) 역시 이에 일조하지만 방식은 다르다. 기행은 억제되지 못하고 난폭하며

91

---

2) 영국 사회가 탄생시킨 작가들 중에는 또한 미스 에지워스(Edgeworth), 미스 아이킨(Aikin) 같은 여성 작가들이 있다. 미스 아이킨의 『엘리자베스의 회고록』은 주목할 만하다. 새침 떨고 꽉 막힌 자신의 문체와 의견으로 새침 떨고 꽉 막힌 사람들을 비판하고 있다.

3) 영국 사회의 심장부를 파먹고 있는 지루함을 계속해서 고집하고, 이 질병에 집어삼켜진 다른 모든 사회처럼 자살과 타락이라는 서글픈 특권을 주어봐야 소용없는 짓이다. 현대의 지루함은 분석의 소산이다. 하지만 세계에서 가장 풍요로운 영국 사회에는 이러한 종류의 지루함 말고도, 우리 모두의 주인이며 포만감에서 오는 지루함이기도 한, 로마시대의 지루함이 존재한다. 카프리 섬에 거주한 티베리우스 황제와 같은 부류의 사람들이 늘린 것으로, 만약 평균적인 다수의 사회가 더욱 강한 영혼으로 구성되었다면 제국으로의 확산은 줄어들었을, 그런 지루함 말이다.

맹목적이다. 기행은 제도화된 질서에 대항하는, 가끔은 본성에 대항하는 개인적인 혁명이다. 그런 면에서는 광기와 가깝다. 댄디즘은 이와는 정반대로, 관습들을 여전히 존중하면서 그것들을 가지고 노는 것이다. 댄디즘은 관습이 지닌 힘을 인정하면서도 그 때문에 괴로워하고 이따금은 복수를 하며, 관습에서 벗어나면서 동시에 그것을 요구한다. 때로는 관습을 지배하고 때로는 관습에 지배받는 것이다. 이렇게 이중적이고 변화무쌍한 놀이를 즐기려면 우아함을 만들어내는 유연한 처신을 모두 완벽하게 통제할 줄 알아야 한다. 프리즘의 모든 색조가 모여서 오팔을 만들어 내는것과 마찬가지로 말이다.

브러멀은 바로 이러한 특성을 소유하고 있었다. 그는 천상에서 내린 우아함을 지니고 있었으며, 사회적인 속박은 종종 이를 망쳐 놓곤 하였다. 따라서 그는 지루함을 못 견디는 사회의 변덕스러운 요구를 충족시킬 줄 알았고, 엄격한 예절의 법칙 아래 너무도 엄격하게 숙이고 들었다. 그는 고지식한 사람들이 항상 잊곤 하는 진실을 증명해냈다. 바로 몽상(Fantaisie)의 날개가 잘려나간 그 자리에 다시 반 이상이 자라날 거라는 진실 말이다.[4]

그에게는 모든 일에 관심을 갖고 어떤 것도 더럽히지 않는 매력

4) 미국 신문에서 마드무아젤 엘슬러(Fanny Elssler, 1810-84, 오스트리아의 발레리나로 발레에 에스파냐, 헝가리 등의 무용을 도입해 독자적인 경지를 개척하였다)가 오래된 영국 청교도의 후손들으로부터 받고 있는 열렬한 찬양을 보시라 — 의회당원(영국의 청교도 혁명 기간에 왕당파에 적대하여 머리를 짧게 깎았던 청교도를 말한다)들의 고개를 돌아가게 만드는 춤추는 소녀의 다리를!

적인 친밀함이 있었다. 그는 당시의 권력 있고 지위가 높은 모든 사람들과 대등하게 살았으며, 신뢰를 얻어 그들과 같은 위치까지 올라갔다. 더욱 유능한 사람들도 쫓겨나고 말았을 법한 곳에서도 그는 안전했다. 그의 대담함은 바로 판결이었다. 그는 도끼날을 안전하게 만져볼 수 있었다. 사람들은 그가 그렇게 자주 무시해왔던 바로 그 칼날이 마침내는 그에게 떨어졌다고들 말한다. 브러멀이 스스로의 몰락을 자청하며 자신과 같은 댄디, 왕족 댄디인 조지 4세 폐하의 허영심을 부채질했다고 말이다. 그러나 그의 왕국은 너무나 위대했기에, 원하기만 하면 그는 왕국을 되찾을 수 있었다.

VI

브러멀의 삶은 하나의 영향력이었다. 즉 말로는 설명할 수가 없다는 뜻이다. 이 영향이 지속되는 동안에 우리는 이를 민감하게 느낄 수 있으며, 멈추고 나면 그 결과를 기록할 수도 있다. 그러나 이러한 결과들이 그것들을 발생시킨 영향력과 동일한 성격을 지니고 있거나 더 이상 존재하지 않게 되면, 결과들의 역사를 기록하기란 불가능해진다. 헤르쿨라네움(베수비오 화산의 폭발로 폼페이와 함께 매몰되었던 고대 이탈리아의 도시)은 잿더미 아래에서 재발견되었다. 한 사회의 풍속 위에 뒤덮인 몇 년이라는 세월은 어떤 용암보다 깊이 그것들을 파묻게 마련이다. 회고록들이 이러한 풍속의 역사를 기록하고 있지만 그저 근접하게 다가설 뿐 정확하지는 못하다.[5] 우리는 브러멀 시대의 영국 사회를, 비록 살아 있는 상태는 아닐지라도 세부적이고 명확한 모습으로라도 되찾을 수 없는 것이다. 우리는 결코 브러멀이 동시대인들에게 취했던 행동을 따라가볼 수 없을 것이며, 자신은 나폴레옹 황제보다도 브러멀이 되겠노라고 했던 바이런의 말은 항상 아이러니컬한 의미이거나 우스꽝스러운 애정에서 나왔다고 여겨질 것이다. 이 말이 지니는 진짜 의미는 사라져버렸다.

「차일드 해럴드의 순례(The Pilgrimage of Child Harold)」의 저자(바이런을 뜻한다)를 모욕할 것이 아니라 브러멀을 향한 그의 이토록 대담한 지지의 이유를 이해하려 해보자. 시인이자 환상을 좇는 인간이었으며, 따라서 이러한 주제에 관해 잘 판단할 수 있었을 테니 바이런은 위선적이면서 동시에 스스로의 위선에 진력이 나 있던 사회를 이끌었던 브러멀의 제국에 큰 충격을 받았던 것이다. 한 개인의 독재로 이루어졌다는 이 제국은, 다른 어떤 종류의 전능한 힘보다 브러멀의 변덕스러운 재능에 꼭 어울렸다.

95

5) 그렇지 않을 수도 있지만 아직은 그러하다. 나다니엘 렉살(Nathaniel William Wraxall, 1751-1831, 영국의 정치가로 유럽의 많은 나라들을 여행했으며 『역사적 회고록』 등을 남겼다)의 『회고록』을 예로 든다면? 그런데 관련 사실들을 관찰하는 데 있어 그보다 유리한 사람이 있던가?

VII

96 그럼에도 브러멀의 일대기는 바이런의 말과 비슷한 종류의 말들을 빌어 쓰이게 될 것이며, 그 말들 때문에 브러멀의 일대기는 운명의 별난 신비스러움 때문이기라도 한 듯 이해하기 어려워질 것이다. 바이런이 보낸 찬사는 사실에 의해 뒷받침될 수가 없다. 사실이란 본디 덧없는 성질을 지니고 있는 까닭에 모두 사라져버렸기 때문이다. 가장 위대한 이름이 지닌 권위이며, 누구보다도 매혹적인 천재가 바친 경의는 다만 수수께끼를 더욱 모호하게 만들 뿐이다.

사실 모든 사회에서 가장 흔적을 남기지 않는 것, 가장 적게 남아 있는 것, 너무 섬세해서 지속될 수 없는 향취만을 남기는 것이 바로 풍속이다. 풍속은 전달될 수가 없는데,6) 브러멀은 바로 이 풍속 덕

6) 풍속은 정신과 육체의 운동이 융합된 것이다. 그런데 운동은 그릴 수가 없다.

분에 당대의 제왕이 될 수 있었던 것이다. 웅변가, 위대한 배우, 이야기꾼처럼 육체를 이용하여 육체에 호소했던 정신들이 늘 그래 왔듯이, 뷔퐁(Buffon, 1707-88)이 말한 것처럼 브러멀 또한 남아 있는 것은 그의 이름뿐이며, 당대에 쓰인 모든 회고록에서 그의 이름은 신비스러운 광채를 내며 빛나고 있다. 그가 채우고 있던 그 자리를 설명하기란 어려운 일이다. 그러나 볼 수가 있으니, 생각해볼 만한 가치는 충분하다.

아직 채 그려지지 않은 브러멀의 초상화에 대한 현재의 상세한 연구에 관해 말해보자면, 지금까지 누구도 이 힘든 일을 시도했던 적이 없다. 법이나 법에 대한 불복(不服)에 답하는—불복이란, 법을 일탈하는 행위인 까닭에 결국 법에 관한 것이라 말할 수 있으므로—이 영향력이 과연 무엇인지, 어떤 사상가도 진지하게 이해하려 한 적이 없었다. 이러한 일을 해내기에, 심오한 사상가들은 섬세함이 부족했으며, 섬세한 이들에게는 깊이가 부족했던 것이다.

물론 시도하려 들었던 이들이 몇몇 있기는 하다. 브러멀이 살아 있던 시대에 이미, 두 유명한 작가의 펜이 가장자리가 은빛으로 둘러진 파르스름한 종이 위에 가볍게 몇 자를 그려냈으며, 이를 통해 브러멀의 모습이 드러난다. 그러나 너무 진한 향이 나는 중국 잉크에 담근 지나치게 가느다란 펜 끝으로 쓰인 글이었다. 재기발랄한 가벼움과 무심한 통찰력이라는 면에서는 유쾌한 작품들이다.

이 두 작품은 『펠럼』(에드워드 조지 불워리튼의 소설)과 『그랜비』(토머스 헨리 리스터의 소설)이다. 이 소설의 작가들은 댄디즘을 교리로서 나타내고 있으므로 어느 정도 브러멀의 모습에 가까이 다가서기는 한다. 그러나 실제 브러멀의 인생을 드러낼 수는 없었다 하더라도, 이들 작가는 과연 소설이 지닌 가능성 안에서 최대한 그의 모습을 그려내려는 의도를 갖고 있었을까? 『펠럼』의 경우는 그런 것 같지 않다. 『그랜비』는 좀더 진실에 가깝다. 이 소설의 등장인물인 트레벡의 초상은 브러멀의 실제 인생으로부터 나온 듯하다. 작품의 특이한 터치는 꾸민다고 해서 이루어지는 것이 아니다. 실제 인물의 존재가 그것을 담아낸 붓놀림에 한층 생동감을 주었으리라는 느낌을 받을 수 있다.

그러나 불워 리튼의 소설 『펠럼』보다 브러멀의 모습을 찾기가 훨씬 더 쉬운 리스터의 『그랜비』를 제외하면, 브러멀의 있는 그대로의 모습을 보여주면서 다소간이라도 그의 성격이 지닌 힘을 설명해주는 소설은 영국에 존재하지 않는다. 최근에 한 고상한 신사[7]가 두 권으로 된 책을 펴냈으며, 마치 호기심 많은 천사와 같은 인내심으로 브러멀의 삶에 관해 알려진 모든 진실을 수집했다는 것은 사실이다. 그런데 그의 노력과 연구는 어찌하여 역사의 가려진 부분이 빠진, 그저 소심한 연대기로만 그치고 말았을까?

브러멀에게 부족한 것은 역사적인 설명이다. 그에게는 여전히 불가사의한 성자 세실(Cécile de Rome, 176-223, 로마 카톨릭의 성인, 음악의 수호성인으로 알려진 그녀를 기리는 거대한 성당이 프랑스 알비에 있다)

---

7) 제스 대령을 말한다. 그는 브러멀에 관해 8절판으로 된 두툼한 책 두 권을 펴냈다. 책을 출판하기 전에, 완벽한 호의로 그는 우리에게 자신이 소유하고 있는 이 유명한 댄디에 관한 자료를 마음대로 쓰라고 맡겨주었다.

과 같이 숭배자들이 뒤따르고, 제스 대령처럼 그에 대해 궁금해 하는 사람들은 있지만, 알려져 있는 한 그에게 적이라고는 없다. 물론 여전히 생존해 있는 브러멀의 동시대인들 중에는, 즉 어느 시대에나 존재하는 현학적인 인간들 중에는, 마음속 깊은 곳으로부터, 리바롤(Antoine de Rivarol, 1753-1801, 프랑스의 정치평론가, 언론인, 풍자가이며 자칭 귀족)이 모든 영국 여인들에게 바쳤던 말처럼 '두 손이 다 비뚤어진' 훌륭한 양반들 중에는, 브러멀의 이름이 그렇게 찬란히 빛나고 있다는 사실에 분개하는 이들이 존재할 것이다. 진지한 도덕성을 지닌 얼뜨기들은 이런 경박함이 영광을 얻고 있다는 사실에 모욕을 느끼는 것이다.

위대한 댄디를 위해 나서지 않았던 이는 오직 역사가, 즉 심판관—열광하지 않고 증오하지도 않는 심판관—뿐이었으며, 이런 이유로 하루하루 시간이 갈수록 브러멀 같은 인물이 나타나기가 점점 더 어려워지고 있다. 그 까닭은 앞에서 설명한 바 있다. 역사가가 나타나지 않는다면, 브러멀에게 있어 명성은 더욱 더 거울의 모습을 닮아갈 것이다. 브러멀이 살아 있던 동안, 명성이라는 거울은 그 깨지기 쉬운 표면의 빛나는 순수함 속에 그의 모습을 비춰주었다. 그러나 그가 죽은 후엔, 반사할 것이 아무것도 없는 거울이 그렇듯 어떤 모습도 남기지 않았다.

VIII

100 댄디즘이란 어떤 한 개인에 의해 생겨난 것이 아니며, 브러멀 이전부터 존재해왔던, 사회의 어떤 특별한 상태에 의해 생겨난 당연한 결과이므로, 영국 풍속사에서 댄디즘의 존재를 밝히고 그 근원을 확실히 밝혀보는 것이 좋을 듯하다. 어느 모로 보나 댄디즘의 기원은 프랑스로부터 왔다. 우아함은 찰스 2세의 왕정복고 시대에 댄디즘의 자매임을 자청하며 사람들을 속여 넘기던 타락의 품에 안긴 채 영국에 다시 돌아와, 크롬웰 신교도들의 가혹하고 냉정한 진지함을 조롱하기 시작했다.

좋은 쪽이든 나쁜 쪽이든 영국 땅에 깊이 뿌리내리고 있었던 풍속은 엄숙함을 과장하고 있었다. 숨통을 트기 위해서는 그들의 전제 정치로부터 벗어나야 할 필요가, 그 막중한 속박을 늦출 필요가 있었으며, 찰스 2세의 신하들은 프랑스 샴페인 잔에 자신들 나라의 엄숙한 종교적인 관습을 모두 잊게 만드는 로터스(Lotus, 고대 신화에 등장하는 망각의 음료)를 마시며(찰스 2세는 크롬웰이 권력을 잡게 된 이후 프랑스로 망명했다) 탈출의 통로를 만들어냈다. 많은 이들이 이 방향으로 뛰어들었다. 제자들은 곧 그들의 옛 스승보다 앞서나가게 되었으며 아메데 르네(Amédée Renée)가 날카롭고도 정확하게 표현한 것처럼,[8] "타락하고 싶은 그들의 열망은 그 정도였으며, 로체스터 공작(존 윌모트, John Wilmot, 1647-80)과 섀프트베리 백작(앤서니 애슐리 쿠퍼, Anthony Ashley Cooper, 1621-83) 같은 이들은 동시대의 프랑스 풍속보다 한 세기를 앞서나가 단숨에 섭정기에 도달했다."

버킹엄이나 해밀턴(Anthony Hamilton, 1644-1720, 크롬웰 통치 기간 동안 프랑스에서 거주), 또는 찰스 2세는 물론이고, 유배당했을 때의 기억을 고국에서 받은 영향력보다도 더욱 강력하게 느꼈던 이들 중 그 누구도 언급하지 않을 것이다. 오히려 영국에 남아 있었으며 먼 발치에서 외국의 영향을 겪었던 이들을 조명해보려고 한다. 이러한 사람들은 미남자(Beaux)들의 통치 아래에서 생겨났다. 조지 휴잇 경(Georges Hewett, 1750-1840), 윌슨(그는 존 로와의 결투에서 죽었다고 전해진다. 유명한 은행가였던 존 로는 이 결투 이후 영국을 떠나야 했다), 필딩(Robert Fielding, 1650-1712, 영국의 전설적인 미남) 등이 그에 속한다. 이 필딩이라는 자의 아름다움은 부주의한 찰스 2세의 의심 많은 주의를 끌었으며, 그 유명한 클리블랜드 공작 부인(Barbara

8) 아메데 르네, 『체스터필드 경의 편지(Lettres de lord Chesterfield)』(파리, 1842년)의 서문 중에서

Palmer, 1640-1709, 찰스 2세의 정부였던 바바라 팔머를 말한다)과 결혼한 후에 몽팡시에 공작 부인과 함께 로쟁의 풍경을 새로이 한 것도 바로 그였다. 그들은 이름에서부터 프랑스의 영향을 명확하게 드러낸다. 그들이 지닌 우아함은 바로 그들의 이름과 같았다. 충분히 교묘하지도 않고, 셰익스피어가 태어났던 바로 그 민족의 고유한 특성은 물론이요, 결국에는 그 우아함 속으로 침투하게 되는 영국의 고유한 힘과도 제대로 어우러지지 못했던 것이다.

'미남자들'이라는 표현을 댄디들과 혼동해서는 안 될 일이다. 이들은 댄디들이 생겨나기 전부터 존재했다. 댄디즘이 이미 표면 아래에서 존재하고 있었다는 것은 사실이지만, 아직 느낄 수는 없던 무렵이었다. 댄디즘은 영국 사회의 열기로부터 솟아날 운명이었다. 필딩은 1712년에 죽었고 (젊은 시절에는 그 자신도 역시 미남자였던) 리처드 스틸 경(Sir Richard Steele, 1672-1729, 아일랜드의 저널리스트, 수필가, 극작가이자 정치인)의 찬양을 받았던 에지워스 대령(Henry Edgeworth, 1670-?)이 그 뒤를 이었다. 그는 미남자들의 계보를 이어나갔는데, 이는 내쉬(Richard Nash, 1674-1762)에서 대가 끊겼고, 브러멀에게 이어져 댄디즘으로 나아갔다.

이전에도 댄디즘이 존재했다고는 하지만, 그것이 발전하고 공고하게 다져진 것은 필딩의 시대와 내쉬 사이의 기간 동안이었다. 댄디즘이라는 이름은 (아마도 프랑스어에서 발생했을 것으로 보이는데) 그 이후에 붙여졌다. 이 이름은 존슨 사전(1755년에 출간된 새뮤얼 존슨의 『영어사전(Dictionary of the English Language)』을 말한다)

에 실려 있지 않다. 그러나 댄디즘 그 자체는 당시에도 존재하였으며, 늘 그렇듯 가장 저명한 사람들 사이에 존재했다. 인간의 가치란 그가 소유하고 있는 재능의 수가 많고 적음에 따라 결정되는 것이므로, 상류 계층의 사람들은 모두 다소간 댄디즘에 물들어 있었다. 댄디즘은 그때까지 사회 안에서 자리 잡지 못하고 있던 여러 재능들을 정확히 대표했던 것이다. 말보로우 공작(John Churchill 1650-1722), 체스터필드와 볼링브로크(토리당 쪽의 영국 정치인이자 작가, 1678-1751) 등이 그들인데, 특히 볼링브로크가 그렇다. 체스터필드는 자신의 『서한집』에서 마치 마키아벨리의 『군주론』과 같이 「신사론」을 집필하였으며, '신사'에 관한 규정을 만들기보다는 당시 의복에 대하여 상세하게 설명하고 있는데, 이는 그가 여전히 여론을 얻어보고자 하는 생각에 단단히 사로잡혀 있었기 때문이다. 오만한 여인과도 같은 미색을 갖추고 있었던 말보로우는 허영심보다는 탐욕이 더욱 강했다. 볼링브로크만이 진보적이며 완벽한, 최후의 진짜 댄디였다. 그는 행동에 있어서는 모든 대담함을 보였고, 사치스러운 무례함을 지니고 있었으며, 그 결과로 일어난 일에 대해 관심을 보였다. 그의 허영심은 항상 모습을 드러낼 준비가 되어 있었다. 기스카르 후작(Antoine de Guiscard, 1658-1711)에 의해 살해당한 할리(Robert Harley, 1661-1724, 옥스포드 백작)를 그가 얼마나 질투했으며, 스스로를 달래기 위해, 살인자는 분명히 두 대신 중 한 명을 다른 한 명으로 잘못 보았을 거라고 말했다는 사실은 사람들의 기억 속에 남아 있을 것이다. 런던의 살롱에 만연한 점잔 빼는 분위기를 망쳐놓으면서 그는—생각하기에도 두려운 일이지만—아마 예쁘지도 않고, 의회 건물의 회랑 아래를 서성거리는 오렌지 파는 소녀를 향한 자신의 자연스러운 애정을 광고하는 것처럼 보이지 않았을까?[9]

결국 그는 댄디즘의 모토 그 자체를 창안해낸 것이다. 태연함을 유지한 채 깜짝 놀랄 만한 일들을 저지르는 이 작은 신들 같은 댄디들의 '결코 흥분하지 말지니'라는 모토를 말이다.[10] 게다가 댄디즘은 다른 어떤 누구보다 볼링브로크에게 더 잘 어울렸다. 댄디즘이란 세상의 풍속과 관습이라는 형태를 빌어 나타나는 자유로운 사상이 아니던가? 마치 철학이 도덕과 종교의 모습을 빌어 나타나는 것처럼 말이다. 법보다 우월한 차원의 의무를 들고 나섰던 철학자들처럼, 그들 나름의 권위를 지닌 댄디들도 가장 귀족적이고 가장 전통에 물든 집단을 지배하게 될 규칙들을 만들어낸다.[11] 신랄하면서도 우아함 안에 녹아들어 있는 위트의 도움을 받아 그들은, 이러한 규칙들이 사실 자신들만의 대담한 개성의 결과물일 뿐이었는데

104

9) 런던 앤드 웨스트민스터 리뷰

10) 댄디즘은 근대의 혼잡함 속에 고대의 차분함을 도입했다. 그러나 고대인들의 차분함은 그들이 지닌 능력의 조화로움에서 자유로운 발전을 이루었던 인생의 완전함에서 발생한 것이었던 반면, 댄디즘은 여러 가지 사상과 친숙하면서도 너무 권태로워 그 사상에 생명을 불어넣지 못하는 지성인이 취하게 되는 태도다. 웅변가인 댄디가 있다면 그는 페리클레스처럼 연설하면서도 외투 안에서는 팔짱을 끼고 있을 것이다. 지로데 트리오종(Anne-Louis Girodet-Trioson, 1767-1824)의 작품 「피로스를 협박하는 엔디미온」에서 헤르미온느의 저주의 말을 듣고 있는 피로스의 유쾌하고 뻔뻔스러우며 매우 현대적인 태도와 비교해보라. 그 편이 내가 하고자 하는 말을 지금까지 설명한 것보다 더 잘 나타내줄 것이다.

도, 이 변덕스러운 규칙들을 사회가 받아들이도록 하는 데에 이르렀던 것이다. 이러한 결과는 기묘하면서도 사물의 본성으로부터 기초하는 것이다. 사회는 흔들리지 않으려 헛되이 애쓰고, 귀족 사회는 용인되지 않은 모든 것들에 단호하려고 헛되이 애쓴다. 그러나 어느 날 변덕이 일어나 겉으로 보기에는 침입할 수 없어 보이는, 실제로는 지루함에 의해 침식당한 그 계급들 안으로 뚫고 들어가는 것이다.

따라서 한편으로는 경직되고 천박한 호전적인 민족에 영향을 끼친 경박함이,[12] 다른 한편으로는 진실이라고 보기에는 너무 편협한 도덕률을 마주하고 자신의 권리를 주장했던 상상력이, 다른 곳에서라면 불가능할 매너와 태도에 관한 학문을 탄생시킨 것이다. 브러멀은 이러한 점을 드러낸 최후의 사람이었으며 누구도 그를 필적할 수 없을 것이다. 이제 그 이유를 알게 될 것이다.

---

11) 그리고 이는 영국의 이야기만은 아니다. 러시아에서, 루즈를 바르지 않았던 공주 아체코프(Aschekoff)는 댄디즘적인 행동을, 그것도 과도하게 한 셈이다. 이는 엄청난 물의를 일으킨 자유분방한 행동이었다. 러시아에서 붉은 색은 아름다움을 의미하며, 18세기에는 길거리의 걸인들마저 루즈를 바르지 않고는 구걸 행위를 할 엄두조차 내지 못했다. 이 여인에 대해서는 룅리에르(Rulhière)를 참조하라. '깊숙한 곳을 찌르는' 댄디의 펜을 지녔던 룅리에르를 말이다. 역사가 한낱 일화에 불과한 것이라면, 그는 어떻게 글을 썼을까!

12) 실제적인 필요와 상응한다는 점에서 사실상 매우 정당한, 온갖 종류의 선입견이 붙여준 악의에 찬 이름이다

IX

조지 브라이언 브러멀은 웨스트민스터에서 태어났다. 그의 아버지 W. 브러멀은 노스 경의 개인 비서였다. 역시 이따금 댄디의 면모를 보였던 그는 반대당의 악의에 찬 공격이 쏟아지는 동안 내각의 좌석에서 그들을 경멸하며 잠을 잤다. 드 노스 경은 실무적이면서 적극적인 점을 높이 사 W. 브러멀을 부유하게 만들어주었다. 자신들도 부정부패에 물들어보기를 원하면서 부패를 통렬하게 비난했던 풍자가들은 드 노스 경을 '재물의 신'이라 불렀다. 그러나 W. 브러멀은 자신이 한 일에 대한 정당한 보상을 받았을 뿐이다. 내각이 힘을 잃고 그의 후원자 또한 몰락하자, 브러멀은 버크셔 주의 주장관(州長官)이 되었다. 그는 초서의 출생지로 유명한 도닝턴 성 부근에 살았으며, 영국인들만이 이해할 수 있고 베풀 수 있는 인심 좋고 풍족한 태도로 손님들을 환대했다. 그는 전에 알던 거물들과 여전히 친분을 유지하고 있었으며, 그중 폭스와 셰리던은 종종 그를 방문하곤 했다.

결과적으로, 미래의 댄디는 어릴 때부터 이런 대단한 인물들의 영향을 받게 되었다. 그들은 브러멀에게 행운의 요정과도 같았으나, 자신들의 힘 중 반만을, 자신들의 재능 중 가장 덧없는 부분만을 물려주었을 뿐이다. 마치 정치적인 토론을 이끌어가듯 대화를 이끌어가며, 재담 또한 유창했던 그들의 재기 발랄한 영혼을, 인간 사유의 자부심이라고 할 만한 사상들을 보고 들으면서, 어린 브러멀이 나중에 영국에서 첫째가는 이야기꾼이 될 수 있었던 내면의 재능을 키워나갔다는 데에는 의심의 여지가 없다. 1794년 아버지가 사망했을 때 그는 열여섯 살이었다. 1790년 브러멀은 이튼 학교에 가게 되는데, 이튼에서 이미 그는 특별한 존재였다. 학업에 있어서 특출 났다는 것이 아니라, 후에 그가 주목받는 인물이 되게 한바로 그 자질들이 그때부터 이미 드러났기 때문이다.

공들인 옷차림과 그의 태도에 스민 냉담한 권태로움 덕택에, 학교 친구들은 그에게 당시 자주 쓰이던 말로 별명을 붙여주었다. 그때는 댄디라는 말이 아직 유행하기 전이었고 우아함의 전제 군주들은 '벅(Buck)'이나 '마카로니(Macaroni)'(멋쟁이를 일컫는 속어들)라고 불렸다. 그의 별명은 벅 브러멀이었다.[13] 그의 동시대인들의 증언

---

13) 벅(Buck)은 영어로 수컷을 뜻한다. 여기서 다른 말로 설명이 어려운 것은 '벅'이라는 단어가 아니라 그 의미이다.

에 따르면, 이튼의 친구들에게 브러멀보다 더 큰 영향력을 행사했던 사람은, 어쩌면 조지 캐닝(George Canning)을 제외하고는 없다고 한다. 그러나 캐닝이 끼쳤던 영향력은 그의 기질이 지닌 열정에서 기인한 반면, 브러멀의 영향력은 훨씬 덜 도취적인 원천에서 기인한 것이었다. 그는 마키아벨리의 유명한 말에 담긴 진실을 여실히 보여주는 인물이다. "세계는 냉정한 두뇌를 지닌 자의 것이다."

이튼을 거쳐 그는 옥스포드로 갔으며, 그곳에서 자신이 익숙했던 정신 외부적인 측면에서 성공을 거두었다. 그의 탁월함은 고된 정신적 노동보다는 사회적인 관계 속에서 더 잘 드러났기 때문이다. 아버지의 죽음 이후 석 달이 지나 옥스포드를 떠나면서, 그는 프린스 오브 웨일스(영국 왕세자를 가리키는 칭호, 미래의 조지 4세이다)의 요청을 받아 코넷 연주자로 열번째 경기병에 속하게 된다.

브러멀이 어떻게 그렇게 갑작스럽게 왕세자의 마음에 들었는지를 설명하려는 시도는 많았다. 이 주제에 대해서는 인용할 가치도 없는 여러 가지 일화가 있다. 브러멀은 자신의 높은 지위보다 뛰어난 매너에 더 자부심을 지녔다고 일컬어지는 한 사나이의 호감과 관심을 사기에 충분한 인물이었다. 젊은 시절 왕세자의 미모와 그 미모를 간직하려는 노력은 널리 알려져 있다. 당시 그는 서른두 살이었다. 하노버 왕가의 둔감하고 무감한 점액질적 기질을 지닌 미남이었던 그는, 장신구를 통해 생기를 얻으려 했고 다이아몬드의 광채를 통해 활기를 얻으려 노력했다. 육신만큼이나 영혼도 선병질적이었으나 궁정인의 마지막 미덕인 우아함만은 지니고 있던 미래의 조지 4세는, 브러멀에게서 자기 자신의 일부를, 온전하게 남아 있으며 광휘를 발하는 부분을 발견했다. 바로 이것이 브러멀이 총애를 받게 된 비밀이다. 이는 한 여성을 정복하는 일처럼 간단했다. 영혼의 정신적이고 비밀스러운 매력에서 비롯되는 사랑이 있는 것처럼, 외부적인 매력과 우아함에서 시작되는 우정도 있지 않겠는가? 경기병의 젊은 코넷 연주자를 향한 프린스 오브 웨일스의 우정이 바로 그러했다. 그것은 강렬한 감동으로 지속된 감정이자, 육체에 잠식당한 그의 비만한 영혼에서 솟아날 수 있었던 아마도 유일한 감정이었을 것이다.

이것이야말로 따라서 배리모어와 조지 행어를 비롯한 다른 많은 이들이 누려왔으며, 이번에는 브러멀이 누리게 되었던 누구에게 향할지 알 수 없는 총애, 변덕처럼 예상할 수 없고 분노와 같은 열정이 깃든 총애라고 할 수 있다. 브러멀은 윈저 궁의 유명한 테라스에서 상류 사회의 인사들에게 소개되었으며, 그 자리에서 프린스 오브 웨일스가 인간적인 것 중에서도 가장 높이 치는 특성들을 유감없이 발휘했다. 완숙하고 상황을 지배할 수 있는 능력을 갖춘 사람의 지지를 받아 펼쳐진 훌륭한 젊음, 뻔뻔스러움과 존경심이 가장 대담하면서도 섬세하게 섞여 있는 태도에 유례없이 재치 있는 말재간이 곁들여진 천재적인 복장이 바로 그것이었다. 이러한 성공의 양면에는 단순한 사치 이상의 그 무엇이 있었다. '사치'란 도덕주의자들이 잘못 사용하는 단어, 즉 마치 의사들이 사용하는 '신경성'이라는 단어와도 같은 말이다.

그 순간부터 브러멀은 상류층 대접을 받게 되었다. 한낱 개인 비서이자 향사(鄕士)일 뿐인 아버지와 고작 장사꾼이었던 할아버지를 둔 브러멀이 잉글랜드에서도 가장 이름 높은 이의 마음에 들어, 브런즈윅의 캐롤라인(1768-1821, 조지 3세의 누이인 어거스타 공주의 딸. 왕세자는 1795년 4월 8일에 그녀와 혼인했다)과 결혼식을 올릴 때 들러리 자리까지 차지하게 된 것이다. 총애를 받는 브러멀의 주변에는 살롱의 귀족들이 급속도로 몰려들어 그를 추종하며 친분을 맺었다. 서머셋 경, 피터샴[14], 찰스 커, 찰스와 로버트 매너즈 등이 그들이었다. 여기까지야 놀랄 만한 일도 아니다. 브러멀은 운이 좋은 사람, 영국인들이 말하듯 입에 은수저를 물고 태어난 사람인 것이다. 그의 내면에는 불가사의한 어떤 것, 흔히 "우리의 별"이라고 부르는, 기준이나 이유도 없이 우리의 인생행로를 결정짓는 것이 있었다. 그의 커다란 행운을 확실하게 만들어준 정말 놀라운 이유는 그가 그러한 점을 지속시킬 줄 알았다는 것이다. 행운이 귀여워하는 아이가 사회에서도 귀여움을 받게 된 셈이다.

황제의 의관을 차려입은 나폴레옹의 초상화를 보고, 바이런은 어디에선가 이렇게 말했다. "나폴레옹은 태어날 때부터 그 옷을 입고 있던 것처럼 보인다." 브러멀과, 그가 개발한 그 유명한 코트에 대해서도 같은 말을 할 수 있을 것이다. 브러멀은 고생하지도 주저하지도 않고, 의식적인 자신만만한 태도로 주권을 잡았다. 그를 둘러

14) 근시안적인 사람들이 보기에 그는 댄디의 모델이었다. 그러나 겉모습에 속지 않는 이들이 보기에, 그는 잘 차려입은 여인이 그에 맞춰 우아하게 행동하는 것일 뿐 댄디는 아니었다.

싼 상황은 그의 신비로운 힘에 호의적이었고, 사회 또한 이에 반대하지 않았다. 연줄이 재능보다 더 중요하고, 살아남기 위해서 갑각류처럼 행동해야 하는 시대에, 브러멀의 곁에는 라이벌이라기보다예찬자에 가까운, 요크 공작과 케임브리지 공작, 웨스트모어랜드백작과 (윌리엄 피트의 형제인) 채텀 백작, 러틀랜드 공작, 델라메어 경 등 한마디로 사교계와 정치계 최고의 인물들이 모여들었다.

성직자들이 그러하듯 항상 힘 있는 편에 몰려드는 여인들은, 붉은 입술로 그의 명성을 칭송했다. 그러나 여인들은 찬양할 뿐 그 이상은 넘지 않았으며, 바로 이 점이 브러멀의 특별한 성격을 드러낸다. 그가 리슐리외와, 유혹하기 위해 태어난 다른 모든 이들과 다른점이 바로 거기에 있다. 그는 세상에서 흔히 난봉꾼이라고 부르는인물은 아니었다. 리슐리외는 타타르 정복자들처럼 침대로 이 여자저 여자를 끌어들이는 데에 지나치게 몰두했다. 브러멀은 그런 식으로 전리품을 늘리지도, 성공의 트로피를 모으지도 않았다. 그는자신의 허영을 끓어오르는 피로 적시지 않았다. 저항할 수 없이 유혹적인 목소리를 지닌 바다의 딸 사이렌들은 꿰뚫을 수 없는 비늘로 뒤덮인 하반신을 지니고 있었기에 더욱 매력적이며, 그래서 더욱 위험한 것이다!

브러멀의 허영심은 그런 일로 고통받지 않았다. 그 반대로, 균형을 이룰 만한 다른 열정과 충돌하지 않기 때문에, 허영심은 계속강해졌으며[15] 홀로 군림하였다. 사랑한다는 것, 아니 사랑이라는단어가 의미하는 바 중에서도 가장 덜 고상한, 욕망한다는 것마저

111

도 스스로의 욕망을 옹호하며 욕망의 노예가 되는 것이다. 당신을 가장 다정하게 포옹하는 팔이라 해도 결국은 쇠사슬이며, 리슐리외나 돈 후안 같은 이들이 자유의 몸이 되기 위해 끊으려 한들, 사슬고리 하나밖에 끊을 수 없다. 브러멀은 이러한 속박에 매이지 않았다. 그가 거둔 성공은 오만함과 무심함에서 왔다. 그는 결코 고개를 돌리며 현기증을 느끼지 않았다.

자존심과 비겁함이 결합하여 겸손함을 새침함으로 탈바꿈시키는 잉글랜드 같은 나라에서, 그렇게 젊은 청년이 천성적이고 후천적인 모든 매력을 지니고 있으면서, 음흉한 요구를 하는 여인들을 꾸짖고, 여인들에게는 그녀들이 기대하지 않았던 기사도적인 태도만 고수했다는 사실은 놀라운 일이다. 브러멀은 계산에 의해서도 아니고, 노력을 기울이지도 않은 채 바로 이런 식으로 행동하였다. 여인들을 잘 아는 이에게, 이런 태도는 힘을 더욱 증가시킨다. 그는 오만한 숙녀들의 낭만적인 자존심에 상처를 입히고, 타락하고자 하는 그녀들의 욕망을 실현시켜주지 않았다.

따라서, 패션의 제왕에게는 애인이 없었다. 프린스 오브 웨일스보다 더한 댄디였던 브러멀에게는 피츠허버트 부인(왕세자와 비밀리에 결혼한 사이였으나 브런즈윅의 캐롤라인과의 결혼 때문에 이는 취소되었

15) 젠체하는 태도는 냉담함을 낳는다. 지금의 댄디는 너무 점잖아서 간단히 말할 수는 없지만, 항상 약간은 잘난 척을 한다. 브러멀의 태도는 마드무아젤 마르스(Anne-Françoise-Hippolyte Boutet, 1779-1847, 프랑스의 유명한 여류 연극배우 안 부테를 말한다)의 너무 꾸민 듯한 태도에서 좀더 섬세하게 정제된 잘난 척이었다. 알피에리는 결코 댄디였을 리가 없으며, 바이런은 몇 가지 면에서만 댄디였다고 할 수 있을 뿐이다. 열정이란 몹시 진실한 것이기에 열정적인 사람은 댄디가 될 수 없다.

고, 왕세자의 정부로 남았다)이 없었다. 그는 손수건이 없는 술탄이었다(술탄들은 마음에 드는 후궁을 고르면 그 징표로 손수건을 건넸다고 한다). 마음에 호소해도, 이성에 호소해도 그의 결정을 바꾸거나 유보할 수는 없었다. 그리고 그가 내린 결정은 절대적이었다. 조지 브러멀의 입에서 나온 한마디는, 칭찬이든 비난이든, 그 당시에는 결정적인 것이었다. 그는 여론의 독재자였다.

만일 이런 남자가 이탈리아 같은 나라에 존재한다면, 사랑에 빠진 여자가 그의 말에 신경이나 쓸까? 하지만 잉글랜드에서는, 가장 열광적인 사랑에 빠져 있는 이들도 꽃을 꽂거나 장신구를 달면서 자신의 연인의 기쁨보다 브러멀의 판단에 더 신경을 썼다. 한 공작 부인은(런던의 살롱에서 이런 신분을 지닌 이들이 얼마나 거만한지는 잘 알려져 있다) 무도회장 한가운데서 남들이 엿들을 위험을 무릅쓰고, 자기 딸에게 만일 브러멀 씨가 황공하게도 말을 걸어온다면 몸가짐과 움직임과 대답에 주의하라고 말했다. 그의 인생의 첫 무렵이었던 이 시기에는 브러멀이 무도회장에서 춤추는 이들과 뒤섞여 있었고, 가장 아리따운 아가씨들이 그가 춤을 청해 오기만을 기다리며 앉아 있었기 때문이다. 이후, 자신이 얻은 독보적인 지위에 중독된 그는 춤추기를 그만두었다. 자신에게 어울리지 않는 천박한 장소라고 여겼기 때문이다. 그는 무도회장의 현관에 몇 분 정도 서서 주위를 돌아보고, 그 장면을 한 문장으로 비판하고 사라지곤 했다. 댄디즘의 그 유명한 격언을 실천한 것이다. "그대가 사람들에게 깊은 인상을 남길 때까지 기다리라. 사람들이 인상을 받거든, 가버리라." 그는 자신이 지닌 압도적인 특권을 잘 알고 있었으므로, 깊은 인상을 남기기 위해 기다릴 필요조차 없었다.

명석함, 여론을 이끄는 힘, 명성을 더하는 빛나는 젊음, 여인들이 저주하면서도 사모하던 매력적이고 날카로운 위트를 소유한 브러멀이 많은 사람들에게 극단적인 열정—깊은 애정과 맹렬한 증오—을 불러일으켰던 것은 확실하다. 그러나 어떤 감정도 밖으로 새어나오지는 않았다.[16] 설령 소리칠 배짱이 있는 사람이 있었다 해도, 점잔 빼는 태도 때문에 그들의 비명 소리는 들리지 않았다. 잉글랜드에서 교양이란 마음을 억제하는 것이었기에, 레피나스 양 (Jeanne Julie Éléonore de Lespinasse, 1732-76, 프랑스의 여류 작가이자 살롱의 주인) 같은 이들이 태어날 수가 없었다. 캐롤라인 램(바이런의 연인) 같은 여성도 있지만, 브러멀에게는 그러한 연인이 없었다. 그가 여성들에게 불충해서라기보다 무관심했기 때문이다.

우리가 아는 한, 오직 한 여인만이 브러멀에게 열정을 감추면서 드러내는 듯한 말을 한 적이 있다. 알랑거리기 잘하는 헨리엇 윌슨이다. 그녀는 선천적으로 질투심이 많았다. 브러멀의 마음을 얻기 위해서라기보다 명성이 부러웠기 때문이었으리라. 댄디의 힘을 형

16) 브러멀이 섭정 프린스 오브 웨일스(부왕의 정신이상 탓에 일찍부터 섭정을 맡았다)에게서 떠맡았다고 여겨지는 레이디 J×××y가 거론되기도 한다. 그러나 레이디 J×××y는 그의 친구로 남았으며, 연인 관계가 우정으로 끝나는 일은 아름다운 아가씨가 물고기 꼬리를 달게 될 확률보다 드물다.
한 시인은 이 관대하면서도 인간적인 착각에 대해 환상적인 일격을 가하였다. "연인으로 지내는 동안 우리는 친구가 아니다. 연인 관계가 끝나고 나면 우리는 친구에 지나지 않는 사이가 된다."

성하는 자질들은 아첨꾼들에게도 부를 가져다준다. 게다가 헨리엣 월슨이 아니더라도 여성들은 자신들의 이익을 위해서는 동성들끼리 매우 잘 뭉친다! 그들은 남성들이 지닌 수학적 재능과, 그 외 모든 종류의 재능을 지니고 있으며, 자신의 손을 잉글랜드에서 가장 아름답다며 조각으로 남긴 셰리든의 뻔뻔스러움을 용서하지 않는다.

X

알키비아데스(Alkibiades BC 450-404, 아테네의 정치가이자 군인. 훌륭
하고 부유한 가문 출신으로 잘생기고 기지 넘치는 청년의 대명사로 알려져 있
다. 소크라테스도 알키비아데스의 준수한 외모와 지적인 소양에 매혹되었다
고 한다)는 훌륭한 장군 중에서도 가장 잘생긴 인물이었지만, 조지
브라이언 브러멀은 타고난 군인 체질이 아니었다. 그는 열번째 경
기병 자리에 오래 머무르지 않았다. 그가 그 자리에 들어간 것은 우
리가 추측하는 것보다 더 진지한 목적, 즉 프린스 오브 웨일스에게
접근하고 그와 친분을 맺기 위해서였다. 그 목표는 곧 이루어졌다.
아마 경기병 제복이 브러멀에게는 떨쳐버릴 수 없는 유혹이었을 거
라는 경멸 섞인 말도 있었다. 모든 사물에 자신의 개성을 드러내는
댄디, 일종의 '뛰어난 독창성'(바이런 경이 한 말)을 통해서만 살

아남을 수 있는 댄디[17]는 필연적으로 제복을 싫어한다. 그러나 브러멀의 재능으로 미루어 보았을 때, 그는 의상 문제뿐만 아니라 그보다 더 중요한 일에 있어서도 죽은 이후에 잘못 판단되기 쉬운 인물이다. 살아 있는 동안 그의 영향력은 최고였으며, 가장 자립적인 이들마저 그에게는 복종했다. 그러나 이제 와서 그 인물이 어떤 사람이었는지 분석하기란 어려운 심리학적인 문제다. 여성들은 브러멀이 자기들만큼 우아했다는 사실 때문에, 남성들은 자기도 그처럼 우아해지지 못했다는 사실 때문에, 결코 브러멀을 용서하지 않았으리라.

이미 언급한 바 있지만, 다시 한번 말한들 어쩌랴. 댄디를 이루는 것은 바로 독립성이다. 그게 아니라면 댄디즘의 법전 같은 것이 있어야 하겠지만 그런 것은 없다.[18] 모든 댄디는 배짱 좋게 일을 벌이지만, 그 배짱에는 빈틈없는 재치가 있으며, 파스칼의 그 유명한 교

17) 독창성이라는 단어를 쓸 수 있는 자는 영국인밖에 없다. 프랑스에서 독창성이란 말은 설 자리가 없다. 프랑스인들은 독창성을 억눌렀고, 그것을 마치 귀족의 징표처럼 증오했다.
독창성은, 자기와 다른 이들을 향해 언제든 들고일어날 준비가 되어 있으며, 그들을 잇몸으로 물어뜯어 아프지는 않지만 더럽히려는 각오가 된 평범한 이들을 자극한다. 젊은 이들에게, 다른 이들과 똑같아진다는 것은 아가씨들의 머리를 가득 채우고 있는 「피가로의 결혼」에 나왔던 "남에게 존경받으라, 그래야만 한다"와 같은 교훈과 동일한 의미였다.

18) 만일 그런 법이 있다면 그 규칙을 따르기만 하면 댄디가 될 수 있을 것이다. 원하는 자들은 누구나 댄디가 될 수 있을 것이다. 그저 교훈을 따르기만 하면 되니 말이다. 젊은 이들에게는 안 된 일이지만 결코 그렇게 되지는 않는다. 댄디즘에 몇 가지 원칙과 전통이 있기는 하지만, 댄디의 모든 것은 변덕의 지배를 받는다. 변덕을 타고나 그것을 소중히 여기고 연습하는 이들만 변덕을 부릴 수 있다.

117

차점인 '독창성'과 '괴벽'이 만나는 정확한 지점에서 멈춰 선다. 이
러한 이유로 브러멀은 일종의 제복이라 할 수 있는 군대의 규율에
순응할 수 없었다. 그런 면에서 그는 매우 끔찍한 장교였으며, 칭찬
할 만한 역사가이자 옛일을 잘 잊지 않는 제스 대령은 자신의 영웅
이 규율 부족으로 저질렀던 몇 가지 일화를 얘기해준다.

브러멀은 작전 중에 대열을 흩트리고 연대장의 명령을 어겼다.
하지만 그의 매력에 홀딱 반해 있던 연대장은 엄한 처벌을 내리지
않았다. 3년이 지나 브러멀은 대위가 된다. 그가 속한 연대가 갑자
기 맨체스터의 주둔지로 옮겨가라는 명령을 받았고, 단지 그 이유
로 가장 훌륭한 연대에서 제일 젊은 나이에 대위가 된 브러멀은 군
대를 나왔다. 프린스 오브 웨일스에게 브러멀은 그와 헤어지고 싶
지 않기 때문이라고 말했다. 런던을 떠나기 싫어서라고 말하는 것
보다 듣기 좋은 이유였다. 사실 그가 떠나고 싶지 않았던 이유는 물
론 런던 때문이었다. 그의 명성이 시작된 곳이 런던이었으며, 부유
하고 여유롭고 훌륭한 문명이 자연의 자리에 매력적인 가식을 일구
어낸 런던의 살롱은 그의 명성과 떼려야 뗄 수 없는 관계였다. 댄디
즘의 진주가 천박한 맨체스터에 살아야 한다는 것은 리바롤이 함부
르크에 사는 것만큼 끔찍한 일이었다.

런던에 남기를 택함으로써 그의 명성의 미래는 구제될 수 있었
다. 런던에서 그는 체스터필드 가 4번지, 그 자신 때문에 퇴락하게
된 패션 스타인 조지 셀윈(George Selwyn)의 건너편 집에 머물렀다.
브러멀이 소유한 개인 재산은 상당했지만, 그가 누리는 지위에 비

할 바는 아니었다. 머리를 쓸 줄 모르는 인간들이 머리를 쓸 줄 아는 사람보다 나을 수 있다고 한다면, 귀족의 자제들이나 부호들이 브러멀보다 더 풍요로웠다고 말할 수 있다. 그러나 브러멀의 풍요로움은 겉으로 화려하게 드러나는 것이 아니라 지성적인 것이었으며, 미개한 이들에게 붉은색을 사용하도록 하고 그 이후에는 "옷을 잘 입으려면, 눈에 띄지 않아야 한다"라는 의복에 관한 명언을 남긴 그의 지성이 반영된 것이었다. 브러멀은 잘 길들여진 말과 훌륭한 요리사를 데리고 있었으며 그의 집에는 여류 시인이 거주했다. 그는 포도주를 고를 때처럼 까다롭게 선별한 손님들을 초대해 훌륭한 저녁 식사를 대접했다. 영국인들이, 특히 그 당시의 영국인들이 그렇듯 그는 완전히 취할 때까지 마시기를 좋아했다.[19] 선병질적이고 신경질적이며, 댄디즘이 겨우 반 정도밖에 벗어나지 못한 지루한 영국의 생활 방식에 싫증이 난 그는 술잔을 비워버리면서 만날 수 있는 다른 생활, 시끄럽고, 소란스럽고, 혼란스러운 생활에서 감정을 느끼려 했다. 그러나 시끌벅적한 술독에 한 발을 담그고 있으면서도 그는 마치 셰리든처럼 항상 뛰어난 농담(plaisanterie)과 우아함을 보였다. 항상 셰리든을 언급할 수밖에 없는 것은, 그가 우리가 예로 들고자 하는 뛰어난 면을 모두 지니고 있기 때문이다.

이렇게 그는 정복자가 되었다. 감히 브러멀에 대해 말을 꺼냈던

---

19) 가장 바쁜 이들에서 가장 게으른 이들까지, 살롱의 무위도식자들에서 국가의 대신에 이르기까지, 누구나 술을 마신다. 조국을 향한 사랑으로 가득하지만 만족을 모르는 위대한 영혼, 피트는 술을 마실 때 다양함을 갈망했다. "피트와 던대스처럼 퍼마신다"라는 말은 속담이 되었다. 위대한 이들은 종종 스스로를 벗어나려 한다. 그러나 어쩌랴! 자연이 항상 이를 허락해주는 것은 아닐지니.

감리교 설교자들과 ─ 이들은 영국 외부에 존재한다 ─ 그 외 편협한 시각의 사람들은 그가 두뇌도 심장도 없는 일종의 인형인 것처럼 묘사하고, 브러멀을 더 깎아내리기 위해서 심지어 그가 살았던 시대까지도 광기에 휩싸인 시절이었다며 폄하했다. 쓸데없는 짓이며 쓸데없는 노고다! 대영 제국의 영광스러운 시대였던 그 당시를 공격하는 것은 물이 꽉 들어차 있는 금으로 된 공을 두들기는 것과 같다. 다루기 힘든 그 내용물은 두들긴다고 압축되지 않고 오히려 옆으로 터져 나올 것이다. 마찬가지로, 그런 식의 비판가들은 결코 1794년부터 1816년까지의 영국 사회를 퇴락한 시기일 뿐이라고 낮춰 말할 수는 없을 것이다. 자신들에 관해 멋대로 떠드는 모든 말에 저항하는 시기들이 있다. 피트, 폭스, 윈드햄, 바이런, 월터 스코트가 살았던 이 위대한 시기가 브러멀의 이름으로 채워져 있었다는 사실 때문에 하찮아진다는 것이 가능하기나 한 일인가?

이러한 요구가 부조리하다는 것은, 브러멀에게는 위대한 시대가 주의를 기울이고 눈여겨볼 만한 어떤 점이 있다는 얘기가 된다. 그러나 그것은 거울에 비친 작은 새들처럼 단순히 훌륭한 옷을 우아하게 차려입었다는 점만으로는 파악할 수 없는 것이다. 사람들의 관심의 대상이었던 브러멀은, 위대한 채텀[20]이 실천하였듯이, 사람들이 생각하는 만큼 옷 입는 방식에 중요성을 두지는 않았다. 거만하고 어리석은 이들은 그의 재단사였던 데이비슨과 메이어가 브러멀이 누리는 명성을 낳았다고 생각했으나, 사실 그들은 브러멀에

─────────────

20) 유일하게 위대한 역사가이자 단순하지 않은 인물(채텀 백작 1세인 윌리엄 피트의 둘째 아들 윌리엄 피트를 말한다).

게 절대로 중요한 인물이 아니었다.

이 문제에 대한 리스터의 얘기를 들어보자. 그는 제대로 묘사하고 있다. "브러멀은 자신의 명성을 재단사들과 공유한다는 사실을 경멸했으며, 귀족적인 유복함과 예절이라는 뛰어난 매력만을 믿을 뿐이었다. 그는 확실히 이러한 매력을 지니고 있었다." 그러나 브러멀이 사교계에 데뷔한 지 얼마 지나지 않았을 무렵, 민주주의자 찰스 폭스가 런던에 빨간 하이힐을 처음 선보였을 당시 — 분명 이 일이 몸치장에 끼칠 영향을 내다보았을 것이다 —, 이 일에는 어느 모로 보나 브러멀이 연관되어 있었던 것이 사실이다. 그는 옷차림이란 불멸의 지성을 갖춘 채 의상 따위를 가장 얕잡아보는 이들에게조차 드러나지는 않지만 확실한 영향력을 끼친다는 사실을 알고 있었던 것이다.

그러나 나중에 와서 그는 리스터가 말하는 것처럼 젊은 날 몰두했던 의상 문제에 무심해졌다. 물론 자신의 경험과 관찰에 의해서 의복이 지닌 중요성을 아예 포기하지는 않았다. 여전히 나무랄 데 없이 차려입기는 했지만, 전보다 점점 더 어두운 색의 단순한 디자인으로 된 옷을 입었으며, 옷차림에 그다지 주의를 기울이지 않게 되었다.[21] 그는 예술의 정점, 예술이 자연과 만나는 곳에 다다라 있었으나, 그의 재능이 이보다 더 높은 곳에 이르렀다는 사실은 너무 자주 간과되었다.

---

21) 마치 옷 따위는 중요하지 않다는 것처럼 말이다! 그럴 마음만 있다면, 댄디는 몸단장하는 데에 하루에 열 시간이라도 들일 수 있지만, 일단 다 차려입고 나면 더 이상 신경 쓰지 않는다. 그가 옷을 잘 차려입었다는 것을 알아주어야 하는 것은 남들이다.

브러멀은 전적으로 육체적인 인간이라고 평가되었으나, 이와 반대로 실제 그의 아름다움은 지성적인 것이었다. 사실 그는 신체적으로 완벽했다기보다 인상이 훌륭하여 돋보이는 편이었다. 그의 머리칼은 알피에리처럼 거의 붉은색이었으며, 군에 있을 때 말에서 떨어진 적이 있어 그리스적인 옆모습의 윤곽이 손상되었다. 두상이 자아내는 분위기는 얼굴보다 더 아름다웠으며, 몸가짐은─신체의 생김새라고나 할까─골격을 거의 완벽한 것처럼 보이도록 했다. 리스터의 말을 들어보자.

"그는 아름답다고도 못났다고도 할 수 없었지만, 브러멀이라는 인간 자체에서 섬세한 분위기와 한군데로 집중된 아이러니가 느껴졌으며, 눈길은 믿을 수 없을 만큼 날카로웠다."

그가 완벽한 댄디, 눈에 보이는 세계보다 더 우월한 무엇을 자신의 내부에 지닌 댄디가 되어가면서, 이따금 그의 영민한 눈에는 얼음 같은 무심함─경멸의 눈초리는 아니다─이 떠올랐다. 그의 훌륭한 목소리를 듣고 있으면, 영어라는 언어가 읽거나 사유하는 데 어울리는 만큼 듣기에도 좋다고 느껴졌다.

다시 리스터의 말을 빌자면, "그는 근시안적인 인간이기를 원치 않았다. 그러나 그 자리에 있는 사람들이 그의 허영을 충족시켜줄 만큼 중요한 인물들이 아닐 때면, 그는 어디에도 고정되지 않고, 어떤 일에도 관심을 보이거나 흔들리지 않으며, 사람들을 훑어보면서도 알아보지 못하는, 그 차분하고 떠도는 듯한 시선을 떠올리곤 했다." 멋쟁이 조지 브러멀은 이런 사람이었다. 이 글을 쓰고 있는 본인이 그를 만난 것은 그가 나이 들었을 때지만, 그가 가장 빛나던 시절에는 어떤 사람이었는지 알아챌 수 있었다. 얼굴에 나타나는 표정이란 주름이 진다고 변하는 것이 아니며, 인상이 훌륭한 이는 다른 사람들보다 덜 변하는 법이다.

게다가 그의 용모가 지닌 분위기를 자아내는 지성은 그 이상까지 나아갔다. 성스러운 빛이 그의 형상을 둘러싸고 있었던 것은 괜한 일이 아니었으나, 그가 소유한 지성, 다른 이들이 소유하지 못한 매우 희귀한 종류의 지성을 부인하려는 것은 올바르지 못한 일이다. 브러멀은 자기 나름의 방식을 지닌 위대한 예술가였으나, 그의 예술은 한정된 시간 동안 특징지어지거나 드러나지 않았다. 그의 예술은 인생 그 자체, 비슷한 동료들과 어울려 살도록 창조된 인간에게만 주어진 영원히 빛나는 재능 그 자체였다.

다른 예술가들이 자신의 작품으로 사람들을 기쁘게 하듯, 그는 자기 몸으로 사람을 즐겁게 했다. 그의 가치는 즉각적으로 드러났다. 그는 타성에 젖은 유식한 사회, 오래된 문명과 감정에 지친 사회를 무감각으로부터 끌어냈으며, [22] 그렇게 하면서 자신의 개인적인 품위를 한 치도 희생시키지 않았다. 그의 개인적인 변덕까지도

123

---

22) 댄디는 자기 자신도 줄곧 무기력을 느끼는 상태였다. 붙임성 있게 굴려면 너무 활동적이어야 하고, 너무 직설적이어야 하기 때문에 댄디는 완벽하게 붙임성 좋은 인물이 될 수 없다. 댄디는 결코 노력을 기울여 무엇인가를 추구하지 않으며, 결코 어떤 것을 열망하지도 않는다.
그러므로 몇몇 모임에서 브러멀이 붙임성 있어 보였다는 말이 있다면, 그 까닭은 위대한 인물이 보이는 사교성은 절제되어 있으면서도 저항할 수 없는 매력을 발산하기 때문인 것이다. 위대한 이들은 아름다운 여자와 같아서, 그들이 무슨 짓을 하듯 우리는 좋아하는 것이다—남자라면 말이다.

존중 받았다. 에더레지(George Etheredge, 1634-91)도, 시버(Colley Cibber, 1671-1757)도, 콩그리브(William Congreve, 1670-1729)도, 밴브루(John Vanbrugh, 1664-1726)도 자신들의 희극에 이러한 인물을 등장시킬 수는 없을 것이다(브러멀과 동시대인은 아니지만, 네 사람다 유명한 극작가들이다. 대표작으로는 조지 에더레지의 〈유행을 따르는 신사〉(1676), 콜리 시버의 〈태평한 남편〉(1704), 윌리엄 콩그리브의 〈노총각〉(1693)과 〈세상풍습〉(1700), 건축가이자 극작가인 존 밴브루의 〈타락: 위험 속의 미덕〉(1697)이 있다). 브러멀은 결코 우스꽝스러운 꼴을 보이는 일이 없었기 때문이다. 자신의 재간으로도 우스꽝스러운 꼴을 피할수 없거나, 그러한 상황을 받아들여야만 했다면 그는 재치로 스스로를 지켰을 것이다. 그의 재치는 가운데에 투창이 박힌 방패, 방어를 공격으로 전환시키는 무기였다.

이제 브러멀을 더 잘 이해할 수 있을 것이다. 우아함이 발전하는것을 가장 느리게 알아차리는 자들이라 할지라도 그 뒤에 숨겨진힘을 느끼게 될 터, 농담을 구사하는 그의 힘에 대해 알고 나면 자신의 동시대인들을 지배했던 브러멀의 왕국이 전처럼 터무니없거나 이해할 수 없는 것처럼 느껴지지는 않을 것이다. 천재적인 아이러니의 재능은, 한 인간에게 수수께끼처럼 흥미를 자아내고 위협적으로 괴롭히는 스핑크스와 같은 분위기를 주기에 충분하다.[23] 브

23) 바라보아도 볼 수 없고 아무리 찾아도 찾을 수 없어 지친 한 여성은 이렇게 썼다. "당신은 미로 안에 자리 잡은 궁전이에요." 그녀는 자신도 모르는 사이에 댄디즘의 한 원리를 이야기한 셈이다. 모든 이가 궁전이 될 수는 없지만, 누구나 미로는 될 수 있다.

러멀은 그러한 재능을 갖고 있었으며, 모든 이들의 자기애를 어루만져주다가도 꿰뚫는 데에 사용했고, 또한 허영심을 자극해 고상한 대화 속의 수 천 가지 흥미로운 주제를 두 배로 부풀리는 데에 사용했다. 재치를 직접 주는 것이 아니라, 감각이 있는 이들의 재치를 자극하고 그렇지 못한 이들의 혈액 순환이 한층 빨라지도록 해주는 방법이었다.

이러한 천재적인 아이러니로 인해 브러멀은 영국이 낳은 신비스러운 인물 중에서도 최고가 되었다. 『그랜비』의 저자는 말한다.

"어떤 동물원 사육사도, 그가 모든 인간의 내부에 다소간 숨겨져 있는 기괴한 면을 드러내 보여주는 것보다 더 능숙하게, 원숭이가 재주 부리는 모습을 보여줄 수는 없었다. 그는 갖가지 방법으로 자신의 희생자를 조종하여 그가 스스로 우스꽝스러운 짓을, 가장 눈에 띄기 쉽게 저지르게끔 하는 재능이 있었다."

즐기는 방법치고는 약간 잔혹하다. 그렇지만 댄디즘이란 지루함에 빠진 사회의 산물이며, 지루함에 지친 이들은 상냥하지 못한 법이다.

브러멀을 판단할 때는 그러한 관점을 잃지 않는 것이 중요하다. 그는 무엇보다 다름 아닌 댄디였으며, 우리가 논해야 할 부분은 바로 브러멀의 그러한 힘이다. 누구도 거역하지 못하는 일인 독재! 모든 댄디들처럼 그도 남을 즐겁게 하기보다 놀라게 하는 편을 좋아했다. 이는 매우 인간적인 선택이지만, 인간을 지나친 선까지 몰아나가게 된다. 최고의 놀라움이란 바로 공포인데, 과연 어느 선에서 멈춰야 하는 것일까? 오직 브러멀만이 해답을 알고 있었으며, 그는 공포와 호의를 정확히 똑같은 분량으로 부어 만든 마법의 미약으로 자신의 영향력을 행사했다. 나태함은 그가 활발해지지 못하게 했다. 활발하다는 것은 열정을 지닌다는 것이며, 열정이란 것은 무엇인가에 신경을 쓴다는 의미이고, 무엇인가에 신경을 쓴다는 것은 자신이 열등하다는 것을 드러내는 증거이기 때문이다. 그는 항상 초연했고 꼭 알맞은 말만 했다. 그의 말투는 해즐릿(William Hazlit, 1778-1830, 영국의 수필가, 비평가이자 저널리스트)의 글만큼 신랄했다. 그의 조롱은 혹독했다.[24]

그러나 그의 무례함은 너무나 위대하기에 짧은 경구로 압축하여 표현할 수가 없다. 무례함은 말로 드러나다가 마침내는 그의 행동, 태도, 몸짓과 억양을 통해 드러나게 되었다. 그는 사람들 사이에서 무례함이 통용되기 위해 반드시 필요한 그 명백한 탁월함으로 무례

---

[24] 그는 조롱의 말을 좌중에 내뱉는 것이 아니라 가볍게 입 밖으로 냈다. 댄디의 재치는 결코 시끄럽거나 불꽃을 튀기는 것이 아니다. 거기에는, 예를 들자면 카사노바나 보마르셰(Pierre-Augustin Caron de Beaumarchais, 1732-99, 프랑스의 극작가로 귀족을 겨냥한 풍자극을 많이 썼다. 작품으로 〈세비야의 이발사〉 〈피가로의 결혼〉 등이 있다) 같은, 수은 같은 유동성과 불타는 생기가 없다. 만일 댄디가 그들과 같은 말을 할 기회가 있었다면, 그는 다른 어조로 발음했을 것이다. 잘 분류되고 대칭적인 사회에서 댄디들이 변덕스러움을 대표하기는 하지만, 아무리 뛰어난 재능을 타고났다 해도 그들은 끔찍스러운 청교도주의에 감염되어 빠져들지는 않을 것이다. 그들은 페스트의 성에 살고 있었으며, 이는 건강에 좋지 않은 거처였다. 바로 그러한 이유로 그들은 품위에 대해 그렇게 많이 이야기했던 것이다. 그들은 발작적인 재치로 위엄을 잃지는 않을까 걱정했다. 댄디들은 품위라는 생각에 꼼짝없이 갇혀 살았는데, 이는 아무리 유연하다 해도 움직이는 데에 약간 불편을 주었으며 따라서 그들은 지나치게 꼿꼿하게 굴 수밖에 없었다.

함을 구사했다. 숭고함이 지나치면 우스꽝스러움이 되는 것처럼 무례함도 아슬아슬한 경계선을 넘으면 천박함이 되어버리며, 미묘한 뉘앙스를 잃으면 무례함은 끝장이기 때문이다. 무례함이란 베일에 가려진 재주이며, 이를 드러내기 위해서는 말의 도움이 필요 없다. 굳이 강조하지 않더라도 무례함이 지닌 힘은 훌륭하게 작성된 어떤 경구보다 훨씬 더 강력하다. 무례함은, 다른 이들의 종종 적개심 어린 허영에 대항하는 가장 강력한 방패이자 스스로의 약점을 감출 수 있는 가장 우아한 외투다. 무례한 이에게 그 이상 어떤 방어가 더 필요하겠는가?

탈레랑(Charles-Maurice de Talleyrand-Perigord, 1754-1838, 베네방 왕자라고도 한다. 프랑스의 정치가, 외교관. 프랑스 대혁명과 나폴레옹 시대를 거쳐 부르봉 왕정복고, 루이 필리프 통치에 이르기까지 줄곧 고위관직을 지낸 정치적 생명력으로 유명하다)이 재치로 명성을 떨치게 된 것은, 재치 그 자체라기보다 무례함 덕택이 아니었는가? 가벼움과 냉정함 — 겉으로 보기에는 서로 모순되는 것처럼 보이는 두 가지 특성 — 의 딸은, 우아함과 자매이기도 하여, 이들은 서로 함께 있어야 한다. 이 두 가지 특성은 서로의 덕택에 더욱 빛나 보인다. 무례함 없는 우아함은 너무 뻣뻣한 금발 미녀 같고, 우아하지 않은 무례함은 지나치게 되바라진 갈색 머리 미녀처럼 보이지 않을까? 잘 드러나기 위해서 이 두 가지 특성은 서로 섞여야 한다.

조지 브러멀은 누구보다도 더욱 그러한 사람이었다. 피상적으로만 평가받아온 이 사나이는 말보다 분위기로 군림해온, 지성적인 힘 그 자체였다. 남들을 향해 행동하는 것만으로도 그는 말로 내리는 명령보다 더 즉각적인 결과를 일으켰다. 그는 억양과 시선, 동작과 뚜렷한 의도, 심지어 침묵[25] 그 자체만으로도 영향을 끼쳤다. 이는 그가 남긴 조롱의 말이 왜 그리 적은지 잘 설명해준다. 게다가 그 당시의 기록에 남아 있는 브러멀의 말 안에는 신랄함이 깃들어 있지 않거나 지나치게 들어 있다. 그러니까 없는 거나 매한가지이다. 우리는 권투를 하고 취할 때까지 술을 마시며, 우리 프랑스인들이 예의를 잃어버리는 지점에서까지 천박해지지 않는 이들 민족이 지닌 소금기 어린 재능을 모질게 느낄 수 있다.

생각해보자. 사유의 산물 중 특별히 '에스프리'(Esprit, 프랑스어로 정신 또는 기지, 재치라는 뜻. 자유분방한 정신 작용이나 말이나 글을 즐겁고 재치 있고 능란하게 구사하는 능력을 이른다)라고 불리는 부분은 본질적으로 언어와 풍속, 사회생활, 다시 말해 민족과 민족 간의 차이점이 가장 두드러지는 부분과 연결되어 있으며, 번역이라는 유배를 겪는 동안 사라져버린다. 심지어 각각의 민족의 특성을 나타내는 표현조차도 그것들이 지니고 있는 심원한 의미를 완전히 전달하면서 번역

25) 그는 대화를 무척 즐겼기 때문에 종종 침묵에 빠져들었다. 그러나 브러멀의 침묵이 다음 글에 나오는 것처럼 심오한 것은 아니었다.
"그들은 내가, 이런저런 일에 대한 자신들의 생각이나 이런저런 일에 대한 자신들의 판단을 이해했는지 보기 위해 나를 바라보았다. 그들은 아마 내가 살롱을 드나드는 평범한 인간이라고 생각했을 터이지만, 나는 나에 관한 그러한 생각을 즐겼다. 나는 정체를 숨기기를 좋아했던 제왕들에 대해 생각했다."
댄디들에게서는 이러한 거만하고 고독한 자의식이 보이지 않는다. 브러멀의 침묵은 효과를 자아내기 위한 다른 수단이었으며, 남을 기쁘게 하는 법에 능통하고 어떤 시점에서 욕망에 불이 붙는지를 잘 아는 이가 쓰는 감질나는 애교였다.

할 수는 없다. 영국의 에스프리의 삼위일체를 구성하는 위트(wit), 유머(humour), 재미(fun)라는 세 단어와 상관관계를 이루는 것들을 찾아보도록 하자. 에스프리는 모든 개인적인 것들이 그렇듯이 일정하지 않다. 변하기 쉬운 것이다. 에스프리를 한 언어에서 다른 언어로 옮겨 심기란, 시(詩)를 옮겨 심는 것보다 더 어렵다. 적어도 시는 일반적인 감정을 담고 있다. 여행을 견뎌내지 못하기 때문에 생산지에서 마실 수밖에 없는 특정한 종류의 와인과 같다. 또한— 아마 이것이 그 즐거움의 비밀이겠지만—한 나라의 에스프리는 가장 아름다운 장미와 같은 본성을 지니고 있어서 가장 일찍 시드는 것이다. 신은 종종 삶의 길이를 짧게 하는 대신 강렬함을 부여하는데, 이는 쉽게 사라져버리는 사물에 대한 고귀한 사랑이 우리 마음속에서 사라지지 않게 하기 위해서다.

따라서 우리는 브러멀이 남긴 말을 인용하지 않고 넘어가겠다. 그 말들은 브러멀의 명성의 이유를 증명해주지 않을 것이다. 물론 그럴 만하기는 하지만, 그러한 말들이 태어나고, 말하자면 '전류가 흐르게' 했다고 할 법한 과거의 상황은 이제 더 이상 없기 때문이다. 과거에는 불꽃이었으나, 시간이 흘러 흩어지고 그 불꽃이 꺼진 후 남은 모래알들에 신경을 쓰거나 세어보는 일은 그만두자. 다양한 재능 덕택에, 침묵 속의 작은 소리에 불과할 뿐인, 그리고 사유를 불가능하게 하며 영원히 몽상의 근원이 되는 명성들도 있는 것이다.

브러멀처럼 삼중으로 실재적인 인간에게 밀어닥친 영광의 물결에 놀라지 않기란 불가능하다. 그는 허영심이 있었으며, 영국인에, 댄디이기까지 했으니 말이다! 모든 실재적인 인간들이 자기 자신의 일에 몰두하는 것을 결코 잊지 않고 즉각적인 즐거움을 위한 믿음과 의지만을 지니고 있는 것처럼, 브러멀은 결코 다른 이들을 욕망하지 않았고 이러한 점을 끝까지 즐겼다. 운명은 그에게, 그가 가장 가치 있게 여기는 동전을 쥐어주었다. 사회는 그에게 자신이 부여할 수 있는 모든 행복을[26] 안겨주었으며, 브러멀에게 있어 그 이상 소중한 것은 없었다. 그는 댄디즘의 배반자이자 변절자인 바이런, 세상은 그것이 우리로부터 빼앗아가는 즐거움 중 하나만큼의 가치도 없다고 늘 말했던 바이런의 의견에 동의하지 않았다. 브러멀의 허영심은 사교적인 즐거움들로 가득 충족되었다.

1799년부터 1814년까지, 브러멀의 참석이 영예롭다고 여겨지지 않은, 불참이 재난으로 여겨지지 않은 파티나 모임은 없었다. 신문은 최고의 저명한 손님들보다 먼저 그의 이름을 다루었다. 알맥의 파티(영국의 정치인이며 패션과 유행의 선도자였던 윌리엄 알맥이 1765년 설립한 사교장)와 애스콧 모임(잉글랜드 남부 버크셔의 경마장 애스콧에서 열리던 모임으로, 경마대회뿐 아니라 화려한 패션의 여성들이 흥미로운 볼거

---

26) 모럴리스트들은 모욕적인 질문을 던질 것이다. "그럼 그는 인생에서 그 유일하고 한심한 즐거움만으로 만족했던가요?" 그러면 안 되는가? 사랑이 충족되면 만족하는 사람처럼, 허영심이 충족되는 것만으로 충분한 사람도 있는 것이다. 그렇다면 지루함은? 아, 그것은 최고의 강철로 된 행복조차 무너뜨릴 수 있는 지푸라기이다. 모든 이에게 있어 모든 사물의 밑바닥에는 지루함이 깔려 있으며, 특히 댄디들, 슬픈 듯이 이런 말을 남긴 댄디들에게는 더욱 그러하다.
"인생은 모든 즐거운 것들로 둘러싸여 있으면서, 이끼를 끌어 모으는 바위, 이끼가 주는 서늘함이 꿰뚫지 못하는 바위 같다."

리를 제공하는 것으로도 유명했다)에서는 그의 지배 아래 모두가 고개를 숙였다. 그는 바이런 경과 알밴리 경, 마일드메이와 피에르푸앵이 속해 있는 와티어 클럽(Watire Club)의 회장이었다. 그는 브링턴과 칼턴 하우스, 벨부아의 저 유명한 홀(브링턴은 프린스 오브 웨일스의 여름 별장, 칼턴 하우스는 그의 거처, 벨부아 성은 러틀랜드 백작의 성이다)의 영혼 — 영혼이라는 단어가 적절할까? — 이었다. 셰리든, 요크 공작 부인(왕세자의 처제로, 브러멀의 절친한 친구였다), 어스킨, 타운즈헨드 경을 비롯해 세 가지 언어를 구사하는 여류 시인이자 폭스에게 이기기 위해 그 고귀한 입술로 런던의 푸줏간 주인들에게 입을 맞추었던 비범하고 열정적인 데번셔 공작 부인의 절친한 친구였던 브러멀은 그를 제대로 판단할 줄 알았던 이들, 만일 그가 그저 행운의 총아에 불과했다면 겉모습 아래 숨은 텅 빈 속을 간파했을 이들에게 깊은 영향을 주었다. 스탈 부인(Anne-Louise Germaine de Staël-Holstein, 1766-1817, 프랑스 낭만주의 문학의 선구자)이 자신이 브러멀의 마음에 들지 않았다는 사실에 불쾌해했다는 말도 전해진다. 그녀의 전능한 이지적인 교태는 냉정한 영혼과 영원한 농담을 지닌 댄디, 차가운 변덕으로 인해 열정을 비웃는 댄디에게는 영원히 퇴짜를 맞을 수밖에 없었다. 코린나는 보나파르트에게 실패했듯이 브러멀에게도 실패했다. 앞서 언급한 바이런의 말을 되새기게 하는 우연이라 하겠다.(여기서 코린나는 스탈 부인을 말한다. 그녀는 제네바의 은행가 네케르의 딸로 파리에서 태어났다. 부친의 영향으로 정치에 열광한 스탈은 프랑스혁명의 이념에 적극 동조했지만 중도적 입장 때문에 보수와 진보 양측으

131

로부터 따돌림을 받았고, 결국 공포정치가 시작되자 스위스 코페로 피신했다. 공포정치가 끝난 이후 파리에 돌아와 공화국으로부터 신임을 얻지만 나폴레옹과의 불화로 파리 밖으로 추방당한다. 이후 권력에 대항하는 반항의 수단으로 문학에 심취했다. 주요 작품으로 『프랑스 혁명에 관한 고찰』, 『코린나』, 『독일론』 등이 있다.)

마지막으로, 가장 독특한 성공은 또다른 여인인 레이디 스탠호프(Lady Hester Lucy Stanhope, 1776-1839, 영국의 귀족이며 모험가)였다. 그녀는 유럽 문명과 영국의 일상에서 뛰쳐나와 ─ 돌고 도는 오래된 서커스 ─ 사막의 위험과 자유로움에서 새로움을 느껴보려고 했다. 몇 년을 떠나 있는 동안 레이디 스탠호프는 자신이 남겨두고 온 사회를 거의 잊었지만, 아마 가장 문명화되었다고 할 만한 것, 즉 댄

디 조지 브러멀은 잊지 못했다.

자신과 동시대의 유명인들에게 끼친 그의 영향력이 지닌 생기와 깊이를 살펴보면, 우리는 그러한 영향력을 행사한 자를, 비록 그가 거만한 인간이라 해도, 인간의 상상력을 정복한 이에게 마땅한 진지함을 갖추어 다루어야 한다. 자신이 살아가고 있는 시대의 풍속을 반영하게 마련인 시인들은 브러멀에게 몰두했다. 무어(Thomas Moore, 1779-1852, 아일랜드의 낭만주의 시인이자 음악가)는 그를 찬양했다. 그러나 무어는 누구인가?[27] 브러멀은 시인의 눈에 보이지 않는, 『돈 후안』(바이런의 작품 『돈 후안』을 가리킨다)의 뮤즈들 중 하나였을지도 모른다.

27) 무어는 아일랜드 기질밖에 볼 것 없는, 장미빛의 창백한 시인일 뿐이다.

어떤 경우든 이 기묘한 시는 본질적으로 댄디적인 어투이며 브러멀의 재치와 성격을 파악하는 데 커다란 도움이 된다. 그가 지평선까지 올라 그곳에 머무르게 해주었던 특성들은 이젠 사라지고 없다. 그는 자신의 위치에서 내려온 것이 아니라, 그 이후로는 품위가 손상된 모습으로밖에 다시 나타나지 않은 일종의 완벽함을 갖추고 추락했다. 정신을 빼놓는 경마가 댄디즘을 대신했다. 지금 '상류 사회'에는 기수들과 개에 채찍질하는 인간들밖에 없다.[28]

　도르세(Albert Gaspard Grimold d'Orsay, 1801-52)가 있기는 했다(도르세는 프랑스 루이 18세의 근위대 장교로 수준 높은 예의와 고상한 매너로 무도회에서 많은 인기를 얻었다. 바이런이나 무어 같은 인물들과도 친분을 쌓았다. 그는 자신의 재능과 업적으로 영국 사교계의 총아가 되었고 완벽한 패션모델로서도 명성을 날렸다. 문학과 걸출한 예술가들의 든든한 후원자이기도 했다). 그러나 패션계의 인기인이었으며 아틀라스 같은 아름다움을 지녔던 도르세는 댄디가 아니었다. 그의 본성은 영국적인 본성보다 훨씬 더 복잡하고 넓었으며 인간적이었다. 이미 여러 번 강조했지만 계속 되풀이하자면, 댄디즘의 생리학적인 기반은 림프액, 허영심의 채찍질이 가해졌을 때만 거품을 일으키며 흐르는, 고여 있는 액체다. 그런데 도르세의 체액은 프랑스의 붉은 피였다. 그는 프랑수아 1세 같은 가슴팍, 아름답고 넓은 어깨를 지닌 예민하고 다혈질적인 프랑스인이었다. 그는 모양 좋은 손을 정답게 내밀어 모든 이의 마음을 얻었다. 오만불손한 댄디즘의 악수법과 얼마나 다른가! 도르세는 모든 이들을 기쁘게 하고 즐겁게 했기 때문에 심지어 남자들마저도 그의 초상화를 가지고 다녔다!

　반면 댄디들은 남자들로 하여금 여러분이 알 만한 그것만을 가지고 다니게 했고, 여자들의 비위를 거스름으로써 그녀들을 즐겁게 했다. 댄디들에 대한 평가를 내릴 때는 이 미묘한 점을 절대 잊지 말아야 한다. 한마디로 도르세는 친절한 왕이었다. (도르세는 무도회에서 다른 어떤 장교보다 인기가 있었지만 그는 가장 못생긴 여자들만을 골라서 찾아다녔고, 그들에게 자상한 관심을 기울였다. 그리하여 잘생긴 도르세가 나타나는 무도회에서는 단 한 명의 여성도 '벽의 꽃'이 되어 남들이 춤추는 모습을 부러운 시선으로 바라보는 일이 없었다.) 친절함이란 댄디들에게는 전혀 알려지지 않은 감정이었다. 도르세가 댄디들처럼 눈에 띄지 않으면서도 완벽하게 차려입었다는 것은 사실이며, 겉만 볼 줄 아는 이들은 분명 이러한 이유로 그를 브러멀의 후계자라고 여겼을 것이다. 그러나 댄디즘은 넥타이를 매는 법 같은 천박한 기술 따위가 아니다. 심지어 어떤 댄디들은 결코 넥타이를 매지 않았다. 예를 들어 목이 무척이나 아름다웠던 바이런 경 말이다!

다른 관점에서 보면 도르세는 예술가였다. 그는 지나치게 자주 악수를 청하곤 했던 그 고운 손으로, 애교란 자신이 거절하는 것에 의해 더 잘 지배하므로, 조각을 하곤 했다. 반면 브러멀은 거짓된 얼굴들과 텅 빈 머리들을 위해 부채를 쓰다듬었다. 도르세의 조각상들에는 사유가 담겨 있다.

게다가 그는 작가에 가깝기도 했고, 바이런이 알프레드 D×××에게 보낸 편지를 받을 만했다. 이 편지는 저 유명한 비망록에서 발견되었으며, 무어가 비겁하게도 이름은 별표로, 신랄한 일화는 줄임표로 감추었다―무어는 참으로 사랑스러운 사람이다! 우쭐대기는 했으나, 도르세는 그 당시의 가장 우쭐대던 여성들에게 사랑받았다. 진실한 여성들은 빼고 말이다. 그런 여성들은 한 세기에 두 명이나 세 명밖에 없으니 굳이 언급해봐야 얻을 것이 없다. 그는 심지어 오래 지속되고 역사적으로 남은 열정에까지 영향을 주었다. 그런데 댄디들은 비정상적인 흥분 상태의 여성들에게서만 사랑을 받았다. 그들은 댄디들을 싫어하면서도 그들의 마지막 부탁까지 들어줄 준비가 되어 있었으며, 글자 그대로 품 안에 증오를 누르고 있는, 상당한 돈이 지출되는 감정을 즐겼다.

게다가 도르세의 멋진 결투 사건, 이보다 덜 댄디적이고 더 프랑스적인 일이 있겠는가? 도르세는 한 장교가 성모 마리아를 모욕했다는 이유로 접시를 집어던졌다. 그는 자기 앞에서 여성이 모욕당하는 것을 용납할 수가 없었던 것이다.

XI

사실보다는 인상에 의지한 이 역사를 써내려가면서 우리는 곧 런던
이 여주인공이고 브러멀이 주인공을 맡았던 이 놀라운 소설 —동
화가 아니다— 의 종말, 유성이 사라지는 곳에 이르게 된다. 그러
나 실제로 종말은 아직 멀었다. 사실 — 시간의 역사적인 측정단
위 — 대신 날짜를 기준으로, 그의 영향력이 지속된 시간으로 그 깊
이를 재보자. 1793년부터 1816년까지는 스물두 해이다. 물질적인
세계와 마찬가지로 정신적인 부분에 있어서도 가벼운 것은 쉽게 다
른 것으로 대체되게 마련이다. 이토록 오랜 세월 동안 성공이 지속
되었다는 것은 브러멀의 존재가 사회적 관습의 베일에 가려진 인간
의 요구에 진정으로 부응했음을 보여준다. 이후 그가 영국을 떠나
야 했을 때에도 브러멀이라는 인간에게 집중된 관심은 사라지지 않

았다. 여전히 그에게 열광하는 이들이 있었다. 1812년과 1813년, 비록 도박으로 인해 브러멀은 우아함의 근원인 부유함이 상처를 입기는 했지만, 브러멀의 힘은 그 어느 때보다 강력했다.

사실 브러멀은 도박에 상당히 강했다. 도박사들과 해적들을 만드는, 미지에 대한 대담한 도전과 모험에 대한 갈증이 그의 천성인지 아니면 그가 살던 시대의 사회적 경향의 결과인지, 알려고 해봐야 소용없다. 그러나 영국 사회가 기니 금화보다 흥분을 더 좋아했으며, 한 사회를 지배하려면 그 사회가 열광하는 것에 동참해야 한다는 사실만은 확실하다. 카드놀이로 인한 손실 외에 브러멀이 추락하게 된 또다른 원인은, 그를 좋아했으며 둘 사이에서 늘 따라다니는 쪽이었던 왕세자와의 다툼이었다. 왕세자는 나이 들기 시작했다. 비만과 부드럽게 꿈틀거리며 그를 붙들어 아름다움을 사라지게 한 폴립(용종)이 그를 잠식했다. 무자비한 농담과 호랑이 같은 자만심으로 마음속 깊이 꽂히는 말을 던지던 브러멀은 종종 시간에 의한 침식을 되돌리려는 무익한 노력을 비웃어 프린스 오브 웨일스를 우스운 꼴로 만들었다. 칼턴 하우스의 수위 중 '빅벤'(Big Ben, 뚱땡이 벤)이라는 별명을 지닌 이가 있었는데, 브러멀은 그 별명을 주인에게 붙여주었으며, 피츠허버트 부인을 '베니나(Benina, 벤의 여자)'라고 불렀다. 이러한 비꼬는 듯한 대담함은 실패 없이 자부심 강한 왕족들의 가슴속 깊이 파고들었고, 왕세자 주변의 여인들 중 브러멀의 지나치게 스스럼없는 농담에 화를 낸 것은 피츠허버트 부인 혼자만이 아니었다. 이것이 바로 위대한 댄디에게 갑작스레 닥친

노여움의 실제 원인이었다.

불화의 원인으로 설명되던 '종(Sonnette) 이야기'는 외전(外典)인 것 같다.[29] 제스 대령이 이 이야기를 반박하는 이유는 단순히 브러멀 자신의 부인 때문만이 아니라, 이 사건이 드러내는 천박한 무례함 때문이다. 그리고 그의 의견이 옳다. 댄디는 종종 뻔뻔스럽게 굴기는 해도, 결코 천박하게 구는 일은 없다. 게다가 아무리 심각하더라도 고립된 장소에서 일어난 일이며, 브러멀이 던진 셀 수 없이 많은 독설 중 가장 가벼운 방식일 뿐인데, 그렇게까지 심각하게 왕세자의 눈 밖에 나게 된 이유에 대한 설명으로 충분치 않다. 브런즈윅의 캐롤라인의 남편으로서 너그럽게 넘겼던 것을 피츠허버트 부인과 레이디 커닝엄의 연인으로서는 참을 수 없었던 것이다.[30] 그렇게 참아 넘겼고, 자신이 총애하는 이가 주변의 여성들을 공격해도 벌을 주지 않았지만, 왕세자는 결코 자기 자신을 향한 공격, 진정한 자아를 겨냥한 공격만큼은 분노를 조용히 넘길 수가 없었다. 하이드 파크에서 브러멀이 폐하를 가리키며 공공연하게 "이 뚱보는 누구지?"라고 했던 말은, 내기라는 이유로 두 사람 사이의 관계를 잊고 주제넘은 짓을 한 일보다 모든 일을 더욱 잘 설명해준다.

그러나 이때 — 1813년 — 까지는 냉담해지는 왕세자의 태도도, 카드에서의 손해도 브러멀의 지위에 어떤 영향도 끼치지 않았다.

138

29) 이런 이야기이다. 어느 날 저녁 식사 자리에서 누가 더 무례한지를 가르는 내기에서 이기기 위해, 브러멀은 종鍾을 가리키며 이렇게 말했다고 한다. "조지, 종을 울려!" 왕세자는 시키는 대로 했으나, 이후 종소리를 듣고 들어온 시종에게 브러멀을 가리키며 이렇게 말했다고 한다. "저 주정뱅이를 끌어내 침대로 데려가라."

브러멀의 영향과 농담은 프린스 오브 웨일스가 브런즈윅의 캐롤라인을 좋아하지 않았던 주요한 원인 중 하나였다. 젊은 아내가 신방의 침대 타조 깃털 아래서 자신을 기다리는 동안 왕세자는 벽난롯가의 양탄자 위에서 밤을 지새웠다는 그 유명한 첫날밤, 왕세자가 댄디들과 저녁 식사를 함께 했다는 사실은 잘 알려져 있다. 이들 현실적인 사람들은 브런즈윅의 캐롤라인이 독일로부터 자기 짐과 함께 가져온 공허한 감상주의—그때부터 약간 구체적으로 나타나기는 했지만—를, 싫어했던 것이다.

게다가 그녀는 공식적인 혼인의 행복과 차를 들이붓는 이들의 나라의 합법적인 배우자였던 것이다! 그런데 댄디즘은 뜻밖의 일을 좋아하며 가정적인 미덕에 대한 고루한 찬양에는 진저리를 친다. 따라서 그들은 스탈 부인이 그토록 찬양해 마지않았던 그레이 경과 레이디 그레이의 흔들리지 않는 공적인 행복보다 여자들에 의해 일어나는 온갖 불행의 모습을 더 좋아할 것이다.

영국에서 이러한 합법적인 행복과 계속해서 마주쳐야 하는 댄디들은, 파리의 살롱에서 그러한 합법적인 행복의 모습을 거의 본 적이 없는 마담 드 스탈의 의견에 결코 동의하지도 않고 동의할 수도 없다. 그녀는 시를 만들어내는 것은 거리(Distance)이며, 상상력은 항상 자신의 키메라(그리스 신화에 나오는 사자의 머리, 염소의 몸, 뱀의 꼬리를 한 불을 뿜는 괴물)를 쓰다듬어주어야 한다고 했다. 그러나 『코린나』에서 자신의 초상화를 그렸고 D×××와 C×××와 T×××를 사랑했던 여자가 키메라를 쓰다듬으려 할 때, 그녀는 댄디들에 비해 자신의 마음과 상상력에 솔직하지 못했다. 이는 스탈 부인을 마담 네케르의 딸 수준으로 낮춘다.

그를 높은 곳에 올려주었던 손이 거두어졌어도 추락한 것은 아니었으며, 여전히 그는 살롱의 여론을 이끌었다. 그것만이 아니었다. 왕세자는 반쯤 몰락한 댄디가 영국의 첫째가는 사나이인 자신의 권위와 투쟁하는 모습을 씁쓸하게 지켜보았다. 항상 하늘색 종이에 글을 쓰지는 않았지만, 아일랜드적인 증오의 도움을 받아 이따금 가장 깊숙하게 찌르는 단어들을 발견하곤 했던 아나크레온-아르킬로코스 무어(브러멀을 말한다. 고대 그리스의 서정시인 아나크레온과 풍자시인 아르킬로코스, 그리고 아일랜드의 시인 토마스 무어를 합친 듯한 존재라는 의미)는 프린스 오브 웨일스의 입에 요크 공작을 향한, 그리고 모든 곳에서 인용되곤 하는 시구를 물려주었다.

나는 결코 분노를 느끼지도, 다른 사람에게 피해주기를 바라지도 않았노라.
지금 생각해보니 보(beau, 멋쟁이) 브러멀만 빼놓고.
그는 지난해에 극도의 분노로 나를 협박하였도다
나를 잘라내고 예전의 패션의 제왕을 데려오겠다고.

이 모욕적인 시구는 댄디의 제왕이 맥마혼 대령에게 왕족 댄디에 대해 했던 말을 떠올리게 한다. "내가 현재의 그를 만들었고, 쉽게 이전처럼 돌려놓을 수도 있소." 또한 이러한 발언은 이 '우아함의 워윅'(장미 전쟁 당시 활동한 워윅 백작, '왕을 만드는 자'라는 별명이 있었다)이 행사한 — 대중에 대한 — 영향력이 얼마나 그 자신만의 고유한 것이었는지, 그가 얼마나 독립적이고 최고였는지 보여주는 확실한 증거가 아닌가?

그의 영향력이 어느 정도였는지 보여주는 이보다 더 놀라운 증거로 1813년의 일을 들 수 있다. 와티어 클럽의 주요 회원들이 큰 파티를 열면서 프린스 오브 웨일스를 초대할 것인가 말 것인가라는 문제로 심각한 토론을 벌였던 일이다. 단지 그가 브러멀과 불화 중이란 이유 때문에 말이다. 관대하면서도 뻔뻔하게 행동할 줄 알았던 브러멀은 왕세자를 초대해야 한다고 우길 수밖에 없었다. 그는 클럽의 일원이었으므로, 더 이상 칼턴 하우스에서 만날 수 없는 그곳의 주인을 초대하여 집주인 역할을 맡으면서 영국의 모든 빛나는 젊은이들이 참석한 가운데 회담을 진행하고 싶었을 것이 분명하다. 그러나 완벽한 신사처럼 보이려는 노력마저 잊고, 이 문제에 대해서는 자신답지 않게 행동했던 왕세자는 환대받는 이에게 주어지는 의무마저 기억해내지 못했고, 댄디즘에 댄디즘으로 맞설 준비가 되어 있던 브러멀은 왕세자 전하의 부루퉁한 태도에 자신이 마치 갑옷처럼 사용하는, 따라서 꿰뚫을 수 없게 만드는 예의 우아한 무심함으로 대처했다.[31]

31) '꿰뚫을 수 없어 보이도록 만드는'이라는 표현이 아마 더 적합할 것이다. 그러나 셰익스피어의 작품에서 클레오파트라가 내뱉는 지루함의 한숨은 얼마나 훌륭한가.

얼마나 힘든 노동인지
심장 가까이에 이러한 나태함을 지니고 있어야 한다는 것은
이 클레오파트라처럼

규방의 스토아 학파들은 가면 아래에서 자신들의 피를 마시며 계속해서 가면 속에 머

와티어 클럽에서는 영국의 다른 어떤 곳에서보다 무모한 도박판이 벌어졌으며, 이는 끔찍한 스캔들을 일으켰다. 지루함에 지친 댄디들은 이곳에서 매일 저녁 만나, 향료를 친 포트와인에 취하고, 삶의 현세적인 지루함들을 달래며, 주사위 한 번 던지는 데에 엄청난 재산을 걸면서 그들의 노르만 기질 ― 약탈할 때만 끓어오르는 피 ― 을 흥분시키곤 했다. 브러멀은 이 유명한 클럽의 스타였다. 그가 도박과 내기의 한복판에 몸을 내던지지 않았더라면 지위를 유지할 수 없었을 것이다. 사실 그는 이 매력적인 아수라장을 오고 가는 다른 이들보다 더하지도 덜하지도 않은 도박꾼이었다. 이곳에서는 막대한 금액의 판돈이 완벽한 무관심 속에 사라지곤 했는데, 이는 댄디들에게 있어 검투사가 경기장에서 명예로운 죽음을 맞는 것과 똑같은 일이었다. 브러멀 이외의 다른 이들도 똑같이 운이 좋을 때와 나쁠 때를 겪었다.

하지만 많은 이들이 더 오래 버틸 수 있었다. 브러멀에게는 습관과 냉정함에서 온 영리함이 있었지만, 그의 인생의 행복에 종지부를 찍고 말년을 빈곤하게 했던 그 운에 대항하기엔 무력했다. 1814년, 알렉산더와 블뤼허가 이끄는 러시아와 프러시아의 장교들이 런던에 도착하자 도박에 대한 열광은 더욱 거세졌다. 브러멀에게는 끔찍한 재난의 순간이었다. 그의 지위와 명성 안에는 그 두 가지를 다 파멸시키도록 예정된 우연적인 요소가 있었다. 다른 모든 도박꾼들이 그렇듯 그도 이 불운에 대항하여 싸웠으나 패배하고 말았다. 그

무른다. 여자들과 마찬가지로 댄디들에게 남들에게 보인다는 것은 곧 존재한다는 것이다.

는 고리대금업자들에게 의지했고 빚더미에 올라앉았다 — 품위를 잃지 않는 한도 내에서였다고들 하지만, 이 부분에 대해서 확실한 것은 아무것도 없다. 이러한 소문은 그가 비천한 지경에 이르러서도 돋보이는 특성들을 타고났다는 데에서 기인하는 듯하다.[32]

예를 들자면, 재정적 어려움이 마지막에 다다랐을 무렵, 댄디들 틈에 끼기를 바랐고, 그의 이름이 지닌 권위를 빌고자 했던 한 남자에게서 브러멀이 상당한 액수의 돈을 받았던 것이 목격되었다. 수많은 사람들이 있는 가운데서 빌린 돈을 갚으라는 요구를 받았을 때, 브러멀은 이 끈질긴 채무자에게 차분하게 벌써 돈을 받지 않았느냐고 말했다. "갚았다고! 언제 말이오?" 그가 외쳤다. "내가 화이트네 술집 창가에서 자네가 지나가는 것을 보고 '지미, 잘 지내나?' 하고 말을 걸었을 때 말이오." 브러멀은 말로 표현할 수 없는 그 어투로 이렇게 답했다. 이러한 대답은 거의 냉소에 달한 우아함을 보여주며, 브러멀을 향한 불공평한 선입견을 굳히는 데에 이런 예가 많이 필요하지도 않았을 것이다.

---

32) 이러한 특성들은 늘 그것을 소유한 이들을 이끌어왔다. 앙리 4세와 섭정 오를레앙 공, 미라보를 비롯한 이들을 예로 들어보자. 앙리 4세에게는 이러한 면이 약간 있었고, 섭정에게는 상당히 많았으며, 미라보는 그야말로 엄청난 수준이었다. 미라보는 진흙이 흩어지는 것을 바라보는 오를레앙 공의 우아하고 쾌활한 태도에 못지않게 당당한 태도로 진흙을 털어냈다. 뒤부아(Edmond Dubois-Crancé, 1746-1814. 프랑스 혁명의 지도자 뒤부아크랑세를 말한다)의 뒷발길질에 차인 일까지도 재미있는 일로 만들어버린 것이 그였다. 그런 점에서 브러멀보다 더 경배할 만한 재능을 가진 이 불경한 세 인물은 훨씬 더 죄를 지었다고 할 수 있다. 왜냐하면 그들은 브러멀처럼 청교도적인 사회—모든 방종을 설명하고 과오를 정당화시킨다—를 상대한 것이 아니었기 때문이다.

그러나 누구도 그의 편에 서주지 않는 불운의 시간이 브러멀에게
막 다가오고 있었다. 그는 완전히 몰락했고, 자신도 그 사실을 알았
다. 댄디즘 특유의 침착함으로 그는 자신이 싸움터에서 정확히 얼
마나 오래 더 버틸 수 있을지 계산해보았다. 그렇게 커다란 영광,
세상의 누구와도 비교할 수 없는 감탄할 만한 성공을 거두고 난 후
에, 어떠한 치욕도 겉으로 드러내지 않으리라 결심했던 것이다. 그
는 사랑하는 남자가 떠나는 것을 지켜보느니 여전히 사랑하면서도
자신이 먼저 떠나버리는 자존심 강한 미녀 같았다.

1816년 5월 16일, 브러멀은 와티어에서 보내온 닭으로 식사를
하고 보르도 와인 한 병을 마셨다.[33] 바이런은 『에든버러 리뷰』에
난 기사에 "영국의 시인과 스코틀랜드의 비평가"라는 글로 답하면
서 두 병을 마셨다. 그리고 별 기대 없이 무심코, 행운을 시험하는
몰락한 사내처럼, 이미 앞에서 언급한 바 있는 다음의 편지를 썼다.

친애하는 스크로프, 200파운드만 보내주게나. 은행은 모두 문을 닫았
고 내 돈은 전부 3부 이자로 맡겨놓았다네. 내일 아침에 갚겠네.

자네의 친구, 조지 브러멀

간결함과 우정의 스파르타 인이었던 스크로프는 즉각 다음과 같
은 답장을 보냈다.

---

33) 이는 정신적인 용기도 육체적인 용기와 같은 수단에 의해 솟아난다는 사실을 가
르쳐 주는, 영국의 생리학적 체계다. 영국 군인들은 식량 공급이 형편없으면 잘 싸우
지 못했으며, 웰링턴의 승리는 식량 보급부가 뛰어났던 덕택이었다.

친애하는 브러멀, 유감스럽지만 내 돈도 전부 3부 이자로 맡겨놓았다네.

자네의 친구, S. 데이비스

이런 편지 따위에 상처받기에는 브러멀은 지나치게 댄디였다. 제스 대령이 명석하게 지적하듯, 그는 그런 일로 훈계하려 드는 인간은 아니었다. 진정한 도박꾼이었던 그는 운에 맡기는 마음으로 물 위에 나뭇잎 한 장을 띄웠고, 나뭇잎이 물에 떠내려간 것이었다. 스크로프의 답장은 잔혹할 정도로 무정했지만 천박하지는 않았다. 댄디로서 그들의 명예는 훼손되지 않았다. 그날 저녁 브러멀은 스토아 학파처럼 차려입고 오페라 극장에 모습을 드러냈다. 그곳에서 그는 타오르는 불사조를 능가하는 찬란함을 보였다. 자신이 잿더미 속에서 다시 일어설 수 없으리라는 사실을 알고 있었기 때문이다. 그 모습을 본 누가 그가 몰락했다고 믿었을까? 오페라가 끝난 후 그가 탄 것은 4륜 마차였다. 17일에 그는 도버에 있었고, 18일 영국을 떠났다.

그가 떠나고 며칠 후, 경매 카탈로그에 따르면 "대륙으로 떠나버린 댄디(man of fashion)의 우아한 가구"가 미들섹스 주지사의 명령에 의해 경매에 붙여졌다. 구매인들은 영국 귀족들 중에서도 가장 최신 유행을 따르고 저명한 이들이었다. 요크 공작, 야머스 경과 베스버로우 경, 레이디 워버튼, H. 스미스 경, H. 페이튼 경, W. 버고인 경, 셰든 대령, 코튼 대령, 핍스 장군 등이 그들이었다. 모두

들 영국인답게, 사라져버린 호화로움의 소중한 유물들, 한 사나이의 취향이 뚜렷이 남아 있는 물건들, 브러멀의 손길이 닿았고 이로 인해 반쯤 낡은 덧없는 대체물들을 소유하고 싶어 안달이었고 기꺼이 돈을 지불하려 했다.

이런 부유한 이들, 필요 이상으로 남아도는 것을 꼭 필요하다고 여기는 이들에게 최고가를 부르게 했던 이 물건들은, 그 자체로는 별 가치가 없는, 선택하는 손길에 운명이 달려 있는 잡다한 물건들, 변덕스러움에 의해 태어난 것들이었다. 브러멀은 영국에서 코담배 상자를 가장 많이 수집한 이들 가운데 하나라고 알려져 있었다. 그 중 하나를 열었을 때 안에는 그의 자필로 이런 말이 쓰여 있었다. "이 상자는 왕세자에게 줄 생각이었다. 그가 나에게 조금만 더 똑바로 처신했더라면." 이 문장은 단순해서 그 어느 때보다도 뻔뻔스러워 보인다. 모든 대단한 자만심은 단순하다.

"빚을 진 영국인들의 피난처"인 칼레에 도착하면서, 브러멀은 망명의 시간을 달랠 준비를 했다. 도주하면서 그는 지나간 위풍당당함의 유물들을 몇 점 가지고 왔는데, 이는 프랑스에서 상당한 재산이 되었다. 그는 칼레의 한 서점 주인에게 집을 빌려 체스터필드 가의 '규방'과 채플 가와 파크 레인의 살롱을 떠올리게 하는 호화로운 가구를 들여놓았다. 그의 친구들은, 댄디에게 친구들이란 우정이라는 귀부인의 애인 같은 존재이므로 이런 단어를 사용해도 될지 모르겠지만, 한동안은 상당히 훌륭한 수준으로 생활할 수 있는 방편들을 제공했다.

프린스 오브 웨일스와 사이가 틀어진 이후 매우 친해진 요크 공작과 공작 부인, 그리고 챔벌레인 씨를 비롯한 많은 이들이 그 무렵에도 그 이후에도 곤경에 처한 이 멋쟁이를 돕기 위해 고귀하게 나섰으며, 이는 그를 알아왔던 사람들에 대한 그의 영향력이 어느 정도였는지를 웅변 그 이상으로 보여준다. 작가나 정계 대변인이 자신이 의견을 대표해주는 사람들로부터 경제적 지원을 받는 것처럼, 그는 자신의 매력에 반한 이들에게서 지원을 받았다. 이런 식으로 돈을 주는 행위는 영국에서 전혀 비난받을 일도 새로운 일도 아니었다. 채텀은 노老 말버러 백작 부인으로부터 야당에 있을 때 행한 연설에 대한 보상으로 상당한 금액을 받았다. 채텀 만한 대범함을 지니지 못하고, 말재간만큼이나 허풍스러웠던 버크(Edmund Burke, 1729-97, 영국의 정치가이자 사상가. 30년간 휘그파 하원의원으로 활약했으며, 프랑스 혁명이 일어나자 보수주의의 옹호자로 부상했다. 그의 책『프랑스 혁명에 관한 성찰』은 프랑스 혁명을 비판하고 영국헌정을 옹호하는 수준을 뛰어넘어 보수주의의 경전이 되었다)도 그 당시 장관이었던 로킹엄 후작으로부터 의회에 선출될 목적으로 토지를 받았다. 이러한 관대함에서 새로운 점이란 단지 그 이유뿐이다. 사람들은 자신이 받은 즐거움에 대해, 봉사를 받은 것처럼 고마움을 표했던 것이며 이는 옳은 일이다. 스스로를 지루하게 하는 사회에 약간의 즐거움을 준다는 것은 사회에 할 수 있는 최대의 친절함 아니겠는가?

그러나 이 일에서 가장 놀라운 부분은 몇 건 안 되는 감사의 표시들이 아니다. '부재(不在)'는 이 댄디의 지배력에 영향을 끼치지 않았다. 그는 떠났지만 살아남았다. 누군가를 사랑할 때에는 복종하고 그가 떠났을 때에는 짓밟아버리는 영국의 살롱에서 브러멀은 자신의 법들을 불러 받아 적게 하던 예전만큼이나 지금도 관심을 받았다. 그를 향한 대중의 관심은 안개를 뚫고, 바다를 건너 반대편 해안의 낯선 도시, 그가 피신하고 있는 곳에서 브러멀을 찾아냈다. 칼레로 순례를 떠나는 것이 유행이 된 것이다. 웰링턴 공작, 러틀랜드 공작, 리치먼드 공작, 보포트 공작, 베드포드 공작을 비롯해 셰프턴 경, 저지 경, 윌러비 데레스비 경, 크레븐 경, 워드 경, 스튜어트 드 로트세 경이 등이 그곳에서 목격되었다. 브러멀은 런던에서 호화롭게 지냈을 때와 같이 자신의 모든 외부 생활의 습관을 유지했다.

　어느 날, 칼레를 지나갈 일이 있던 웨스트모어랜드 경이 브러멀에게 만일 함께 식사할 수 있다면 영광일 거라는 전갈을 보냈는데, 식사 시간이 세 시였다. 이 멋쟁이는 자기는 결코 그런 시간에 식사를 하지 않는다며 초청을 거절했다. 그는 대륙에서 사는 한가한 영국인들의 단조로운 일과를 보냈고, 침묵 속에 살았으며, 그 침묵은 동향인들의 방문이 있을 때에만 깨어지곤 했다. 비록 귀족적이고 인간 혐오적인 오만불손함을 보이지는 않았지만, 그의 예의범절이 너무나 고상했기에 우연히 길에서 그를 마주친 이들은 그다지 그에게 이끌리지 않았다. 그는 언어 때문에 이방인이었으며 과거의 습관들 때문에 더욱더 이방인이었다.[34]

　댄디는 영국인보다 더욱 섬나라 기질이 강하다. 런던 사회는 섬

안의 섬 같은 곳이며, 지나친 유연함은 그곳에서 성공하기 위해 그다지 환영받는 특성이 아니다. 그러나 상당히 거만한 그의 제한 조건에도,[35] 브러멀은 훌륭한 식사라는 명목 아래 사람들이 접근할 때에는 잘 거절하지 못했다. 취향처럼 섬세하고 애착처럼 까다로운, 훌륭한 식사에 대한 그의 사랑은 그의 향락적인 태도 중에서도 가장 강하게 발달한 부분이었다. 현명한 이들 사이에서 흔히 보이는 이러한 관능 덕분에 그의 허영심에 다가가기는 덜 어려웠다. 그러나 그의 비길 데 없는 자신감은 모든 것을 덮었다.

"자네한테 인사하는 저건 뭔가, 셰프턴?" 대로를 산책하던 어느 날 그는 셰프턴 경에게 이렇게 물었다. 인사하던 사람은 바로 브러멀이 그날 식사를 했던 집의 정직한 시골 사람이었다. 브러멀은 칼

34) 바이런이 자신의 시에서 경탄한 스크로프 데이비스의 농담이 이 점을 잘 보여주고 있다. "러시아의 나폴레옹처럼, 브러멀이 프랑스어를 배우고 있을 때, 그는 기본 요소들에 의해 굴복당했다." 이는 지나치게 과장된 말이긴 하지만 농담이다. 우리의 언어를 구사하는 데 있어서 그가 영국인으로, 부정확한 채로 남아 있었다는 것, 색슨 어의 조약돌들을 씹으며 해변가에서 말하는 데에 익숙해진 모든 사람들과도 같았다는 것은 사실이다. 그러나 단어의 교정에 의해서가 아니라면 귀족적인 면모로 인해 고쳐진 그의 어투는 흠잡을 데 없이 훌륭한 매너와 어우러져서, 그의 표현에 따르면 '신기한 이국적 특성'이라는, 진정 놀라운 독특성이며 결코 우스꽝스럽지 않은 효과를 자아냈다.

35) 댄디들은 결코 본래의 청교도주의를 완전히 떨쳐버리지 못했다. 그들의 우아함에는 아무리 대단하더라도 리슐리외와 같은 우아함이 없었다. 그들의 우아함은 모든 조심성을 완전히 버리지는 못했다. 리뉴 공(Charles-Joseph, prince de Ligne, 1735-1814, 벨기에의 장교이자 문인으로 예카테리나 2세의 신임을 받았다. 장 자크 루소나 볼테르와 같은 유럽의 중요 인물들과 주고받은 편지 및 자신의 회고록으로 벨기에 문학에 큰 영향을 끼쳤다)은 말한다. "런던에서 남에게 세심하게 배려하게 된다는 것은 외국인으로 취급 받는다는 것이다."

레에서 몇 년간 살았다. 항상 완벽하게 차려입은 허영의 표면 아래서, 그는 아마 많은 불행을 감추고 있었을 것이다. 다른 무엇보다도, 대화를 그렇게 즐기는 그가 대화를 즐길 수 없게 된 것이다.[36]

칼레에는 그의 재치에 불을 붙여줄 동류(同類)의 불꽃이 없었으며, 그는 계속해서 고립된 상태였다. 비슷한 처지에서 스탈 부인이 그랬던 것처럼 말이다. 그의 명성이 여전히 런던까지 미치고 있으며, 그가 남기고 온 사회의 가장 맵시 있는 사람들이 여전히 그를 방문하여 수그러들지 않는 호기심과 추억을 가져온다는 사실조차 더 이상 그에게 위안이 되지 못했다. 그러나 댄디의 자존심은 공격 받을 때의 수치심만큼이나 조용한 것인지라, 그는 어떤 감정도 드러내지 않았다. 이 경박한 영웅에게 그토록 대단한 자제력이 있을 줄 누가 알았겠는가? 아마도 이제는 쓸모없어진 재능들을 어떻게 사용해야 할지 몰랐기 때문에서인지, 브러멀은 요크 공작 부인과 서신을 교환하기 시작했으며 그녀를 위해 매우 복잡한 도안을 그리고 무늬를 디자인해 넣었다. 벨부아에서, 오틀랜드에서, 모든 곳에서 요크 공작과 공작 부인은 그를 위해 모든 일을 해주었다. 그가 운명에 배반당했을 때 요크 공작 부인은 계속해서 진지한 친절함을 보여주었고, 이는 그의 명석하고도 메마른 삶을 밝혀주었다.[37]

브러멀은 이 사실을 결코 잊지 않았다. 그가 요크 공작 부인의 친구가 아니었다면, 왕세자의 사생활에 대해 알고 있는 것을 발설하지 않겠다고 약속하지 않았다면, 그는 회고록을 써서 돈을 벌 수 있었을지도 모른다. 런던의 서점들이 그에게 비밀을 공개하는 대가로 사람이 여러 언어를 '말할' 수는 있지만 '대화하는' 것은 오직 한 언어로만 가능하다. 브러멀에게조차, 파리는 런던을 대신할 수 있는 장소는 아니었다. 게다가 파리는 이제 더 이상 다른 도시들보다 뛰어난 대화의 고장이 아니다. 파리에서는 거의 대화를 찾아볼 수 없으며, 스탈 부인조차도 '뤼 뒤 박(rue du Bac, 스탈 부인이 1786-98년 사이에 살았던 세귀르 저택을 비롯해 다양한 귀족들의 저택이 있는 것으로 유명한 파리의 중심가)의 천박한 농담을 더이상 좋아하지 않을 것이다.

사람들은 자신들이 갖지 못한 돈에 대해 지나치게 생각하며, 대화를 잘하기 위해 자신들을 다른 모든 사람들과 너무 동등하게 여긴다. 창문에서 던져지는 것들 중 다른 것보다 재치가 많은 것도 아니다. 런던에서는 부에 대한 갈망이 많은 지식인들을 괴롭히고 지배하고 있기는 하지만, 그래도 어느 정도 상위에서는 여전히 그보다 더 나은 생각을 할 수 있는 집단을 찾아볼 수 있다.

게다가 런던에는 계급간의 차이와 분류가 있으며—그것이 좋은지 나쁜지는 여기서 고려할 문제가 아니다—바로 그것이 재치를 압축하여 뿜어져 나오게 한다. 이런 사회에서 뻔뻔해지려면 대단한 섬세함이 필요하고, 남을 기쁘게 하려는 예의를 갖추려면 대단한 우아함이 필요하다!

어려움이 영웅을 만드는 법인데, 파리 사회는 너무 쉽다. 그저 사람들이 오고 갈 뿐이다. 작가들과 예술가들, 남들의 감정을 자극하거나 적어도 자신들의 작품에서 나온 금가루 정도는 마음속에 갖추고 있어야 할 이들조차 평범한 사람들과 다를 바 없이 시시하다. 그들은 하루 종일 생각하거나 아니면 생각하는 척하느라 지쳐서, 저녁이 되면 탁발승 떼처럼 꿈을 꾸게 해주는 음악을 들으러 오거나, 중국인들처럼 차를 마시러 살롱에 온다.

브러멀은 파리에 간 적이 있었지만 머무르지 않았다. 그가 무엇을 할 수 있었겠는가? 자신의 매력의 근원인 사치스러움이 더 이상 없었으니 그는 프린스 T×××처럼 어리석고 흉해 보였을 것이다. 그가 가진 것이라고는 오직 매너뿐이었고, 그마저도 날이 갈수록 별 의미 없어지고 있었다. 이런 남자의 과거가 어땠는지 누구도 이해할 수 없었을 것이다. 자신이 이러한 인상을 준다는 사실은 그에게 고통스러웠을 것이며, 남들이 보기에는 서글픈 광경이었을 것이다.

　마담 지치올리(Teresa, Contessa Guiccioli, 1800-73, 바이런의 연인)도 이런 실수를 저질렀지만, 그녀는 여자였으며, 여자에 관한 문제일 경우 성性과 신경이 항상 우리의 의견에 개입되게 마련이다.

이는 매우 독특한 감정이다. 여자들 간에는 우정이라는 것이 존재하지 않으며—어째서 진실은 항상 독창적이지 않는가?—댄디란 어떤 면에서 보았을 때는 여자이기 때문이다. 댄디가 더 이상 여자가 아니게 되면, 여자들에게 진짜 여자보다 더 나쁜 적수가 된다. 그는 머리가 마음을 지배하는 괴물이 된다.

이는 우정에서조차 가증스러운 특성이다. 댄디즘에는 무엇인가 차갑고 냉정하며 조롱하는 구석이 있는데, 이는 절제되어 있긴 하지만 즉각적인 행동으로 이어질 수 있다. 부드러움보다 감상이 훨씬 더 많은 극적인 눈물 제조기들에게는 이러한 점이 말할 수 없는 충격일 것이다.

밉살스러운 특성이긴 하지만 이것이 매우 젊은 사람에게서 드러날 경우에는, 청교도주의가 그렇듯이 여자들은 그렇게 싫어하지 않는다. 매우 진지한 젊은이들은 매우 젊은 아가씨들과 잘 어울린다. 그녀들은 몸가짐에 의해, 혹은 눈에 띄지 않기 위해 어색하게 꾸미는 태도에 의해 기만당하여, 텅 빈 것 앞에서 심오한 것이 있나 생각하게 된다.

댄디와 함께 있으면 그녀들은 어머니들이 입을 꾹 다문 채 말해주던, 다른 종류의 시시한 농담에 대해 생각한다. 그럼에도 아가씨들은 참을 수 없는 댄디와 완전히 사랑에 빠지게 되는데, 그 이유는 여인들이란 항상 자신들이 지배할 수 없는 이들에게 지배당하기 때문이다. 그러나 사랑에 빠지지 말아야 할 사람이란 누구인가? 이것은 아마 우정의 문제, 다시 말하자면 동감보다는 선택의 문제다.

엄청난 가격을 제시했기 때문이다. 이러한 세심한 침묵조차 ─ 공작 부인의 부탁에 의한 것이든 자기 자신의 의지에서든 ─ 낯짝 두꺼운 이기주의자인 조지 4세에게 아무런 감흥을 주지 못했다. 하노버의 왕국으로 가던 길 ─ 1821년 ─ 에 칼레를 지나가게 된 그가 지루함으로 인한 무심한 태도로 화해를 위한 합의의 자리를 마련해도 좋다는 허락을 내렸다는 것은 사실이다. 그러나 브러멀은 이 호의적인 행위에 거의 관심을 보이지 않았다.

허영심은 심지어 위험한 상황에서조차 사람을 떠나지 않는 법이며, 브러멀은 자기가 보기에는 자신보다 한참 열등한 수준의 댄디에 불과한 왕세자에게 알현을 요청할 마음은 없었다. 조지 4세가 지나간 자리에 서서 그는 고통스러운 고뇌를 느꼈다. 칼턴 하우스의 옛 동료는 그를 보았지만, 우리가 젊은 날의 단짝을 만났을 때 경험하는 그러한 감정의 손길 ─ 과거에 대한 미소 섞인 회한, 가장 유치한 말들을 사용한 시 ─ 은 느끼지 못했다.

또 코담배 상자를 선물 받은 왕세자가 이전 브러멀의 유명한 수집품 중 하나였다는 사실을 기억하고 다음 날 시간을 정해 브러멀이 출석하도록 한 적도 있다. 그들이 만났더라면, 어떤 결과가 벌어졌을까? '칼레의 왕'이라 불리던 브러멀은 런던을 지배하러 돌아갔을까? 그러나 기다리는 사이 특사들이 도착하여 왕은 출발을 서둘러야만 했고, 브러멀은 잊혀졌다. 열망이 부족하기는 그도 왕과 맞먹을 정도였다. 영국의 왕에게 접근하려는 시도를 이렇게 빈둥대며 무시해버린 태도는 세속적인 관점에서 보면 실수였지만, 그러지 않

았다면 오히려 브러멀답지 않았을 것이다.[38]

조지 4세는 칼레에서 본 댄디에 대해 다시는 언급하지 않았다. 그는 과거의 망각 속으로 빠져들었다. 브러멀은 아무런 불평도 하지 않았지만, 자존심의 훌륭한 측면을 보여주는 고집스럽고 신중한 침묵을 고수했다. 도량이 더 좁은 영혼이었다면 뒤이어 일어난 일 때문에 많은 불평을 할 법도 했다. 곧 런던으로부터의 원조가 끊겼으며, 빚과 곤궁함이 들어섰다. 브러멀은 단테가 말한 유배지의 빈곤의 계단을 내려가야 할 참이었으며, 밑바닥에서는 감옥이나 자선 단체, 정신병자 수용소에서 죽음을 맞이해야 할 참이었다. 계단의 처음에서 그를 도와준 것은 왕의 손길, 윌리엄 4세(William IV, 1765-1837, 영국 하노버 왕조 조지 4세의 죽음으로 즉위했고, 우유부단한 정치와 선거법 개정문제 등으로 빈축을 샀다)의 도움이었다. 정부는 캉(Caen)에 영사관을 세웠고 브러멀에게 일을 맡겼다. 이 사무실은 처음부터 급여가 제대로 나오지 않았고, 결국 아무것도 나오지 않았으며, 브러멀이 그 일을 수행할 능력이 없었기 때문에[39] 급여가 사

38) 『사르다나팔루스(Sardanapalus)』(1821년 바이런이 아시리아 왕 사르다나팔루스의 몰락을 주제로 쓴 비극)의 신성한 구절이 저절로 떠오른다.

> 만일 …………
> ……… 그대가 마음속 깊은 곳으로부터 움츠러들게 된다면
> 미래의 불꽃 속으로 뛰어들 때, 이렇게 말하시오.
> 나는 그대를 덜 사랑하지 않을 것이오, 아니, 더 사랑할 것이오.
> 그대의 본성에 굴복한다 해서….

39) 수행할 능력이 없었기 때문이 아니라, 수행하는 것이 불가능했다는 말이 더 정확할 것이다.

라졌던 것이다.[40] 나중에는 아예 그 자리를 빼앗기고 말았다. 정부는 사람들을 각자의 능력에 따라 분류해야만 한다. 이런 능력이 완전히 무시될 경우, 그것이 누군가에게 큰 도움이 될 수 있을까? 캉에서의 체류는 그의 일생 중 가장 긴 기간이었다. 그가 도시의 귀족들에게서 받은 환대와 그를 둘러싼 배려는 영국인들의 조상이 노르만 인이라는 사실을 증명했다.

이러한 대접은 그의 말년에 드리운 비참함을 조금 약화시켜주기는 했지만 그를 완전히 구해주지는 못했다. 우리는 제스 대령이 했던 것처럼 그의 괴로움과 굴욕들을 일일이 열거하지는 않을 것이다. 우리의 관심사는 댄디와 그의 영향력, 그의 사회생활, 그가 사회에서 맡았던 역할이다. 이 외는 불필요하다. 인간이 굶주려 죽어가면 어떤 종류의 사회에도 더 이상 속하지 않게 되기 때문이다. 그는 더 이상 댄디가 아니다. 단지 한 인간일 뿐이다.[41]

우리는 이 문제에 대해 논의하지 않을 것이다. 다만 브러멀이 빈곤과 굶주림 속에서도 가능한 한 오랫동안 댄디로 남아 있었다는

156

---

40) 그는 사람들을 사로잡는 재능을 타고났는데, 그에게 주어진 일은 사무를 관리하는 일이었다. 변덕스러움과 그의 반생에 걸친 놀라운 성공 때문에 모든 의무와 공무를 견뎌낼 수 없는 인물이 되지만 않았던들, 그에게는 훌륭한 외교관이 될 수 있는 재능도 있었을 것이다. '아마도' 그렇다는 것이고, 길게 말하지는 않겠다. 팔머스톤 경(Viscount Palmerston, 1784-1865, 영국의 정치가로 대표적인 영국 민족주의자이며 보수주의자)이 정치에서 댄디즘이 그 하나만으로도 어떻게 되는지 명확히 제시한 바 있었기 때문이다. 앙리 드 마르세(Henri de Marsay, 발자크의 『인간 희극』에 등장하는 댄디)는 매우 매력적이고 환상적인 인물이다. 그러나 그의 운명은 시인에 의해 창조된 것이다. 그런 인물이 불가능하다는 것은 아니지만, 소설의 주인공 중에서도 가장 현실성이 덜한 인물이다.

브러멀이 더 이상 댄디가 아니게 된 때가 있었을까? 어느 날, 그 당시 자신이 음악의 카사노바라며 만족해했고 그쪽의 귀스타브 플랑슈(Gustave Planche, 1808-57, 『양세계 평론』지를 중심으로 활약한 낭만주의 시대의 문예 비평가)라고 했던 베네치아 사람, P. 스퀴도 씨가 캉에서 콘서트를 열었다. 광대이자 음악가로서, 그는 바보들에게도 신경이 있다면 파상풍에 걸리게 할 만한 지성을 쏟아 부었다.

브러멀은 여전히 기유베르 가에서 유력한 인물이었기 때문에, 그는 유배당한 댄디가 자신의 파티에 와주기를 바랐다. 한 친구의 집에서 브러멀을 만나 초대하면서, 그는 주머니에서 티켓 한 다발을 꺼내―삼백 장 정도―브러멀에게 몇 장 선사하기 위해 마치 카드처럼 펼쳐 보였다. 그런데 이 댄디는, 전 세계를 소유하고 있는 위풍당당하고 단순한 댄디다운 태도를 보이면서, 표를 전부 가져갔다!

"그는 한 푼도 내지 않았소." 스퀴도 씨는 말했다. "하지만 경탄할 만한 태도였고, 나는 돈을 치른 대신 영국에 대해 새로운 것을 배우게 되었소."

이 일 직후에 브러멀은 광기를 드러내기 시작한다. 그가 이성보다 댄디즘에 더 강하게 물들어 있었던 것처럼, 그의 광기 또한 댄디즘의 모습을 보였다. 그는 필사적일 정도로 우아함에 매달렸으며, 길에서 인사를 받아도 가발이 흐트러질까 봐 모자를 벗지 않은 채 프랑스의 왕 샤를 10세(Charles X dit le Bien-Aimé, 1757-1836)처럼 손을 흔들어 답했다. 그는 호텔 당글르테르에 살았는데, 가끔 손님들을 접대할 수 있게 방을 꾸며놓으라는 명령을 내려 하인들을 크게 놀라게 하기도 했다.

브러멀은 샹들리에, 촛대, 촛불, 수많은 꽃들까지 모든 것이 갖추어진 방 한가운데 눈부신 불빛 아래에서, 금단추가 달린 푸른 휘그 코트, 검은 조끼와 검은 바지, 16세기에 입던 것처럼 달라붙은 타이츠를 입어, 젊은 날에 입었던 완벽한 정장 차림을 한 채 죽은 영국을 기다리고 있었다! 자기 쪽에서 갑자기 절교했으면서도 그는 프린스 오브 웨일스의 이름을 불렀고, 뒤이어

피츠허버트 부인을, 레이디 커닝엄을, 야머스 경을, 끝으로 영국의 모든 위대한 이들, 그 자신을 살아 있는 법으로 여겼던 이들을 불렀다.

그리고 자신이 부른 이들이 나타났다고 여긴 채, 그는 텅 빈 응접실의 활짝 열린 문으로, 하지만 그날 오후에도 다른 날 오후에도 아무도 드나들지 않은 문으로 다가갔다. 몰락한 댄디의 연회에 참석하기 위해 무덤을 떠날 사람은 아무도 없는, 그런 여인들에게 차례로 손을 내밀었다. 연회는 오래 계속되었다.

마침내, 그가 보고 있는 세상이 아닌 다른 세상이 나타났을 때, 이 불운한 사나이에게도 이성이 돌아왔다. 그리고 그는 자신의 광기가 환영을 불러냈음을 깨닫는다. 완전한 패배감에 텅 빈 의자 중 하나에 몸을 던지고, 그는 눈물범벅이 되어 발견되곤 했다.

그러나 봉 소뵈르 병원에서 그가 보였던 광기는 이보다는 덜 감동적인 모습이었던 것으로 추측된다. 병이 더욱 깊어가면서, 광기는 그가 인생에서 누렸던 우아함에 대한 복수라도 하는 듯 점점 저급한 모습으로 드러났다. 이 부분에 대해서는 자세한 언급이 불가능하다.

모든 일의 밑바닥에 숨겨진, 지독한 조롱자의 무시무시한 아이러니는 그를 자신이 가장 심하게 조롱했던 이들과 같은 경박한 인생으로 마치도록 했다! 봉 소뵈르의 작은 집은 브러멀에게 브링턴에서 그가 거주했던 빌라의 대가를 치르는 것이었다. 그의 인생은 이 두 곳 사이를 오갔다.

42)

브러멀이 논의될 때마다 앞으로 항상 언급될 제스 대령은 이 유명한 댄디가 남긴 몇 구절을 인용했다. 그것들은 매우 훌륭한 앨범에 적혀 있었으며, 앨범에는 셰리든, 바이런, 심지어 어스킨이 남긴 시구들도 있었다. 그 양은 황급하게 휘갈겨 쓴 앨범의 구절보다 더 많았으며, 상당한 수준의 시였고, 영감이 아주 깃들어 있지 않은 것은 아니었다.

점만은 꼭 인정하고 넘어가야 한다. 그의 지배적인 재능은 인생이 몰락한 후에도 계속 남아 있었다. 이와 어울려 그것을 강화해주는 데밖에 쓸모가 없는 다른 재능들은 그의 명성에 무엇도 더해줄 수 없었고 행복에도 별 영향을 주지 못했다. 예를 들어, 그는 시인이었지만 남을 기쁘게 하는 사명을 타고난 이에게나 딱 맞을 정도의 상상력을 지니고 있을 뿐이었다. 그가 시구의 형태로 남겼던 글은 댄디가 쓴 것치고는 매우 뛰어나지만 문학적으로 명성을 얻을 정도는 아니다.[42] 따라서 그 글들은 논의할 필요가 없을 것이다. 매우 특별한 한 인격을 다룬 이 연구에서는, 소명의 일부를 이루지 않는 것, 지성에 파고든 신의 손가락의 흔적을 드러내지 않는 모든 것은 생략되어야 하기 때문이다.

XII

이제 우리는 브러멀의 소명이 무엇이었는지, 그가 그것을 어떻게 달성했는지 알게 되었다. 그는 다스리기 위해 태어났으며, 그러한 방면으로 뛰어난 재능들을 부여받았다. 몽테스키외는 기분이 언짢은 바람에 그 재능들을 있는 그대로 보여주는 대신 "뭐라 말할 수 없는 것"이라 일컫기는 했지만 말이다. 리뉴 공이 말했던 것처럼, "그는 우아함 가운데 최고의 우아함의 왕이었다." 그러나 영향력을 찾으려 하는 이들 모두에게 중요한 조건, 모든 선입견을 받아들이고 어느 정도까지는 그 시대의 악덕까지 받아들인다는 조건 하에서만 그러하다. 모든 일에서 진실을 사랑하는 순결한 이들에게는 인정하기 슬픈 일이지만, 그의 우아함이 좀더 진지했었다면, 그는 그만한 영향력을 갖지 못했을 것이며, 거짓된 사회를 유혹하고 매혹시키지도 못했을 것이다. 브러멀과 같은 댄디에 관한, 다음과 같은 문장이 의미심장하고 정확한 언급이라면, 영국 사회는 어느 정도 수위의 세련됨에 이르렀던 것일까? "그는 비위를 거스르는 일이 너무나 일반적이었기에 탐구하지 않을 수가 없다."[43] 우리는 여기서 권력 있고 방탕한 여인네들이 사로잡히는, 정복당하고자 하는 소망을 느낄 수 있지 않은가? 과연 단순하고, 순진하고, 자발적인 우아함만으로 모든 감정에 진력이 나 있고 온갖 종류의 선입견으로 숨 막혀 하는 사회에 강력한 자극이 되기에 충분할까? 고귀하고 온전하게 남아 있는 한둘의 우월한 영혼을 제외하고,[44] 누가 자기 자신의 모습으로 남아 있는 이를 알아차려줄까? 아, 군중이란 모호한 존재다! 그러나 허영은 남들에게 인정받기를 원한다. 이는 비방을 받아왔지만, 인간의 마음이 지닌 매력적인 충동이며, 댄디즘의 으스대는 태도를 모두 설명해줄 수 있을지 모른다. 아마 거짓된 환경 속에서 제대로 파악되기 위해 비뚤어진 우아함이라 정의할 수도 있을 것이다.[45] 매우 손상된 자연스러움이라는 것이 옳겠지만, 역시 사라지지 않는 것이다.

그것을 낳은 사회가 변화하는 날이 오면 댄디즘도 사라질 거라는

---

43) 불워리튼의 『펠럼』 중에서

44) 스탕달이 그렇게도 찬양했던, 여배우인 코넬(Cornel) 양을 예로 들 수 있다. 그러나 런던에서 검은 다이아몬드처럼 희귀한, 그녀의 영혼이 지닌 간결한 위대함을 감지하기 위해서는, 스탕달 같은 인물, 다시 말해 마키아벨리즘에 달할 만큼 위트가 강하면서도, 로마 황제들이 불가능한 일을 사랑했던 만큼 단순함을 사랑하는 인물이 필요하다.

영국 사회는 예술적 감각이 부족하다. 로렌스(Sir Thomas Lawrence, 1769-1830), 롬니(George Romney, 1734-1802), 레이놀즈(Sir Joshua Reynolds, 1723-92)와 같은 이름들은 단지 이러한 빈곤을 더욱 뚜렷하게 나타낼 뿐이다(이 세 명은 브러멀의 시대에 활동했던 영국의 유명한 화가들로, 특히 귀족들에게서 높은 평가를 받았다). 로마인들에게 플루트 연주자들이 있었다고 그들이 예술적이었던 것은 아니다. 하지만 영국에는 문학이라는 예술만이 존재한다. 영국에서는 셰익스피어가 미켈란젤로다.

이 독특한 나라에서는 모든 것이 이상하다. 최고의 조각가는 여성인 레이디 해밀턴으로 이탈리아인 정도의 가치가 있는 사람이다. 그녀는 대리석에 자신의 아름다운 육체, 이제껏 존재했던 것 중 가장 매력적인 육체의 포즈를 새겨 넣었다. 조각과 조각상처럼, 그녀는 자신의 걸작들보다 오래 살지 못했다. 그녀의 덧없는 영광은 오직 그녀가 살아 있을 동안만, 불타는 정열과 인생의 감동과 함께 지속되었을 뿐이다. 디드로는 이런 주제를 다룬 적이 있다. 그러나 지금은 그 누가 이러한 것을 다룰 수 있겠는가?

사실은 이미 앞서 말한 바 있으며, 지난 이십 년 동안 비록 노예 근성에 가까울 정도의 고집으로 낡은 관습에 집착하고 있기는 하지만, 귀족주의적이고 프로테스탄트적인 영국은 상당히 많이 변화했고 댄디즘은 이미 한때의 전통에 지나지 않는다. 이러한 변화는 발전이라는 불변의 법칙에 따라 진행되므로, 누구나 예측할 수 있었을 것이다. 과거의 역사에 사로잡힌 희생자인 영국은 한 발 앞으로 나아갔지만, 다시 과거로 돌아가고 있다. 영국의 가장 위대한 시인의 「커세어」(1814년에 발표된 바이런의 시 「해적(Corsair)」을 말한다)처럼 시간의 바다 위로 그토록 높이 던져졌음에도, 그녀(영국을 가리킨다)를 제방에 정박하고 있는 사슬은 결코 완전히 끊어지지 않는다. 그녀는 모든 것을 붙들고 또 간직하고 있으나 — 간직하기에는 대리석 같은 — 의심스러울 정도까지 관습에 노예 상태로 묶여 있으며, 그녀에게 있어 그가 벗어놓은 것은 뱀의 일곱번째 허물이었다.

163

더 이상 존재하지 않는 것의 흔적은 사라진 것이라는 생각이 잠시 들지도 모른다. 그러나 팔림프세스트(Palimpsest, 이중으로 기록된 양띠지 문서)에 쓰인 것이 다시 나타나 읽을 수 있게 되고 공고하며 명확해지기 위해 필요한 것은 그저 적절한 기회뿐이다. 댄디즘이 파르티안 사람들처럼 가벼운 조롱이라는 화살, 달리면서 몸을 돌려 뒤로 쏘는 화살로 공격했던 청교도주의는 지금 다시 부상하고 있으며, 상처를 지혈하고 있다. 바이런과 브러멀 같은 인물들이 나타난 이후에, 오래된 영국 국교회의 도덕은 완전히 사라졌다고 믿지 않았을 사람이 누가 있었겠는가?

그러나 그렇지 않다. 무적의, 불사의 위선은 다시 정복당해버렸다. 달콤한 환상은 자신의 피인 장미 향수를 하늘을 향해 뿌리며 사라졌을 뿐이다. 고집 센 사람들, 관습을 전부로 아는 사람들의 지배 아래서 죽었기 때문이다. 또다른 이유는 상상력에 전기를 통하게 하고 대담하게 그와 소통하는 위대한 작가들이 부재했기 때문이다.[46] 그리고 엘리자베스 여왕이 처녀성에 영향을 미쳤듯이 법적인 혼인 관계에 애정을 보인 젊은 여왕(빅토리아 여왕을 말한다)의 영향도 있었다. 이보다 더한 위선과 우울의 원천이 있을까? 정치에서 매너를 없애 버렸던 감리교회의 정신은 이제 그 진행을 역전시키고 있다. 이러한 예로 우리는 존 매너스 경(John James Robert Manners, 1818-1906, 정치가이자 작가로, 여기서 언급하는 시집은 1841년 작 『영국의 신뢰(Engliand's trust)』이다)을 들 수 있을 것이다. 명문가 출신이자 시인이며, 독립적인 의견을 말할 줄 안다는 손쉬운 미덕을 아버지로부터 물려받은 그는, 독창적인 영감이 자신에게 찾아들기를 기다릴 수도 있었는데, 영국 국교회를 기리는 시집을 출간했던 것이다. 지금이라면 무신론자인 셸리(Percy Bysshe Shelley, 1792-1822, 영국의 시인이며, 바이런, 키츠와 더불어 3대 시인으로 꼽힌다)는 유배지에서조차 안전하지 못할 것이다. 거짓말과 얼어붙은 에티켓이 만연한 이 거만한 바리새인들의 나라에서, 영국이 지닌 가장 위대한 이들의 마음으로부터 태양 광선처럼 빛을 발했던 생각의 자유는, 잠시

---

46) 토머스 칼라일이 있지만, 유감스럽게도 그는 독일 관념론의 진정시키는 에테르를 톡 쏘는 맛이 나는 캐비어, 영국인들이 사랑하며 그렇게 독특한 감정을 자아내는 캐비어보다 선호했다.

동안만 광채를 발했을 뿐이며, 종교적인 감정의 미라인 형식주의가 새하얗게 변한 무덤으로부터 다시 몸을 일으켜 영국을 지배하고 있다. 그 눈부신 사회, 세상의 사물과 순수한 즐거움에 있어 브러멀은 그 사회의 표현 자체였기 때문에, 브러멀이 우상이었던 사회는 전부 끝나버렸다.

그들은 지성적인 존재들이 누려 마땅한 즐거움을 선사한다. 다른 사람들, 도덕적인 사람처럼 그들도 사회의 행복에 일조한다. 애매하고 지성적인 성별을 지닌, 이중적이고 복합적인 본성들, 그들의 우아함은 권력으로 인해 더욱 강력해지고 권력은 우아함으로 인해 더욱 강력해진다.

댄디들은 우화 속이 아닌 역사에 존재하는 안드로귀노스이며, 알키비아데스는 아름다운 이들 가운데서도 가장 훌륭한 유형이었다.

조지 브러멀의 초상

"브러멀과 같은 이는 다시는 없을 것이다. 그러나 세상이 어떤 제복을 입히든, 영국에는 항상 댄디들이 있을 거라는 사실만은 확신할 수 있다. 그들은 신이 창조한 작품이 지닌 경탄할 만한 다양성의 증인이다. 변덕이 그러하듯 그들도 영원하다. 인류에게는 가장 훌륭한 영웅들과 가장 엄격한 위인들만큼이나 댄디들이 필요하다."

멋쟁이 남자들의 이야기
댄디즘

| 초판 1쇄 인쇄 2014년 1월 27일
| 초판 1쇄 발행 2014년 2월 12일

| 지은이 쥘 바르베 도르비이
| 옮기고 해설 고봉만
| 그림 해설 이주은
| 펴낸이 강병선
| 편집인 고미영

| 편집 고미영 이성민 주상아
| 디자인 강혜림
| 마케팅 방미연 정유선 오혜림
| 온라인 마케팅 김희숙 김상만 한수진 이천희
| 제작 강신은 김동욱 임현식
| 제작처 영신사

| 펴낸곳 (주)문학동네
| 출판등록 1993년 10월 22일 제406-2003-00045호
| 임프린트 이봄

| 주소 413-120 경기도 파주시 회동길 210
| 전자우편 springten@munhak.com
| 전화 031-955-2688(마케팅) 031-955-2698(편집)
| 팩스 031-955-8855
| 이봄페이스북 www.facebook.com/springtenten

ISBN 978-89-546-2392-6 03860

www.munhak.com